大旗出版
BANNER PUBLISHING

大旗出版
BANNER PUBLISHING

# 國家寶藏

肆

## 南海鬼谷II

狹路相逢的兩路人馬，

在荒島的某條河流底下發現了許多珍珠和金銀首飾。

原來，上游崖壁上的一個山洞中，

有群冷血毒蛇正守護著這一大批珍寶，不肯散去；

此時，不怕死的一幫人決定舉著火把進洞裡驅蛇，

並大膽搜刮各種黃金、玉器、珠寶……

# 國家寶藏 肆 南海鬼谷Ⅱ

目錄

# 第二十四章　萬蛇窟

潮濕的洞穴中堆得像小山似的各種金器、玉器和珠寶翡翠，幾十口箱子散落在金銀之中，有的箱子敞著蓋，裡面全是珍珠和寶石，甚至淌到了外面，各種規格的金銀幣中夾雜著金酒杯、金酒壺和鑲金嵌玉的首飾盒，還有高高矮矮的金質人物和動物雕像。珠寶旁散落著幾十具死人的枯骨，旁邊還散落著大量已腐朽的貳式衝鋒槍、坂田式步槍，還有手槍、匕首和滿地的彈殼。有些枯骨身上的衣服還沒爛掉，依稀還能看出是日式的黃軍服。

這些人陡然看見這巨大的財富都呆住了，姜虎和丁會也驚得張嘴說不出話來。過了好半天，阿明和光頭忽然扔掉火把，猛撲到珠寶堆裡，口裡還大喊大叫：「發財了，金子，全是金子……我發財了，哈哈哈！」緊接著老伍、德子和阿齊也都拋下火把，發瘋似地也撲了上去，連叫帶笑。姜虎和丁會各捧起身邊的金幣，臉上露出欣喜的神色。

他們把火把都扔在地上，洞裡頓時暗了不少，丘立三眼睛也放著光，但他畢竟成熟老到，耳中聽到蛇堆的聲音近了很多，就知道不好，連忙叫道：「都給我把火把撿

# 第二十四章　萬蛇窟

起來，快！」

丘立三這幾個手下都是好勇鬥狠、見財起意之輩，只要給幾萬塊，讓他們宰自己親舅舅都行，現在看到這麼多巨大的財寶，頓時忘了自己姓啥，基本都處於半瘋癲狀態，對丘立三的話也是充耳不聞。丘立三大怒，他右手抄起衝鋒槍朝離他最近的光頭後脖子就是一槍托，打得光頭「媽呀」直捂腦袋，回頭看著丘立三。

丘立三說：「這回能聽懂中國話了吧？給我把火把撿起來！」

光頭清醒了很多，連忙撿起火把，丘立三將槍斜背，右手抓住阿齊後領提過來，一腳踢出老遠。隨後他如法炮製，把其他幾人也都叫醒，丘立三罵道：「都給我把火把撿起來，誰再不聽話，老子我先崩了他！」說完他「嘩」地將衝鋒槍上膛。

大家都有點回過神了，連忙撿起火把，洞內的蛇群這才慢慢退後。

大夥都站在財寶堆前，欣賞著這數不清的金銀珠寶，臉上都激動不已。丘立三也呼吸急促地說：「這回可真發大財了！有了這堆寶貝，咱們也不用去澳門了。」

老伍問：「那咱們去哪兒？」

丘立三大聲說：「直接他媽的去美國！這些東西能買別墅和汽車，能買洋妞、花園，足夠我們活上十輩子！」

大家高聲歡呼：「發財了，發財啦！」

丘立三喘著粗氣對姜虎說：「你們還抓我們不了？操你奶奶的！」

姜虎和丁會也都暈了，姜虎說：「有這麼多珠寶還抓你幹什麼？你出多少錢讓我抓？」

丘立三抓起一把金幣向上拋去，大叫：「這些夠不夠，哈哈哈！」大家也都抓起金幣往上亂拋，精神亢奮，語無倫次。

興奮了一會兒，眾人漸漸冷靜，又發現了新問題：如此多的財寶憑這幾個人是根本沒辦法全帶走的，還好這裡有很多只箱子，只能挑貴重東西把箱子裝滿，這裡共有八個人，剛好每兩人一組，將四箱珠寶帶出洞去。於是他命令道：「先倒出四只空箱子，再挑翡翠、鑽石和紅藍寶石把箱子裝滿，珍珠只挑比眼珠大的，小的一概不要！注意別扔下火把，只用單手幹活，現在就動手！」

俗話說：蛇無頭不行。有了丘立三這個頭領，眾人都開始有條不紊地幹起活來，姜虎和丁會也自覺地聽從了他的調遣。丘立三還在旁邊不停監督：「這項鍊不值錢，扔一邊去！把那個金首飾盒裝上，對……還有那個鼻煙壺！別裝金幣，賣不了多少錢，笨蛋！」

不多時四只箱子就裝得滿滿當當，丘立三說：「現在兩人一組抬箱子，準備出洞！」

## 第二十四章　萬蛇窟

八個人抬著四口箱子往外走。這些箱子看上去不大，但金銀珠寶是最沉的，每口箱子少說也有三、四百斤，大家喘著粗氣，嘿喲嘿喲地抬著箱子往洞外走。說來也怪，那些毒蛇似乎知道有人偷了珠寶似的，都緊追不捨地跟在眾人屁股後頭，若即若離地保持著幾米距離。

老伍邊走邊說：「這要是有……有輛大卡車就好了，裝它滿滿的開著就走，那該多……多好……」

丘立三罵道：「放屁，有架飛機更好，連船都省得找，直接飛到美國！你他媽的就別做夢了，快給我抬！」

這時，阿明手中的火把漸漸暗了下來，這火把是用枯草捆成的，本來就不經燃，現在已經燒得只剩樹幹，丘立三一看不好，連忙說：「火把快要燒光了，都給我動作快點，晚了就餵毒蛇了，快！」

眾人加快腳步往外走，這時老伍和阿齊手裡的火把也開始熄滅，兩人嚇得大叫：「火把滅了，怎麼辦啊？」

丘立三腳下不停：「別管火把，快出洞！」

緊接著他和德子手上的火把也滅了，現在只有三支火把還在燃燒，後面腥氣湧上，群蛇離得更近了。丘立三不停地叫道：「腳下別停，一口氣衝出洞去就安全了！」

眾人揮汗如雨地抬著箱子，忽然最後一組有人腳下打滑，摔了個嘴啃泥，手裡火把也滅了，箱子倒扣在地，珠寶稀里嘩啦流得到處都是。

兩人連忙手忙腳亂地往箱子裡塞珠寶，丘立三大叫：「別管箱子了，快跑！」可現在這幫傢伙早就認定了誰抬的箱子就歸誰，怎肯輕易扔下自己的那份不管？丘立三見他倆不聽命令，放下箱子要回去揪他們，忽聽得長聲慘叫，聲音在洞裡嗡嗡迴響，震得耳朵發麻，原來最後那組的阿齊腳底滑倒，還沒等他爬起來，一隻毒蛇已經竄到他身上張口猛咬，阿齊立時半身麻木、癱坐在地，群蛇早就按捺不住，紛紛爬到他身上大口咬噬，疼得阿齊躺在地上亂舞亂滾，無數條蛇在他身上蠕爬，狀極可怖。

和他同組的是老伍，他此刻嚇得魂飛魄散，大叫著跑開。丘立三和阿明連忙抬起箱子就跑，現在七人中只剩下光頭和丁會還有火把，這點光亮根本嚇不住群蛇，毒蛇們加快速度追趕眾人，似乎要趕盡殺絕。

丘立三心知不好，他當機立斷，連忙大叫：「扔下箱子，逃命要緊，快！」說完一把鬆開箱子就跑，和他同組的阿明頓時愣住了，心想這百年不遇的珠寶就這麼不要了？他捨不得放手，拎著箱子在地上拖動。後面的姜虎和丁會同組，丁會見身後群蛇已經快到腳後跟了，他喊道：「快跑！」扔掉箱子飛奔而去，姜虎愣了一下，剛要撿

# 第二十四章　萬蛇窟

起箱子，身後幾條毒蛇猛然躥到箱子上，他嚇得魂不附體，大叫一聲跑開。

群蛇遊動的聲音越來越大，簡直就像小型瀑布發出的聲響，也不知有幾千、幾萬條。這聲音在山洞裡來回撞擊，形成了一種無比恐怖的聲浪，大夥終於崩潰了，都扔掉箱子朝洞外沒命逃竄，生怕晚了一步就餵了毒蛇。

還好人畢竟比蛇跑得快，不多時大家終於衝出山洞。而這些蛇似乎也並不想離開這藏寶洞，竟沒有一條追出洞來。這些人怕蛇窮追不捨，又都向小溪對面跑去，田尋他們嚇了一跳，依凡忙問：「怎麼回事？」

田尋大叫一聲：「先別問，快跑吧！」拉起林小培也朝對面跑去。

丘立三他們見後面確實沒有蛇追來才停下。他們跑得太急差點虛脫，德子身體虛弱，再加上狂跑了半天，現在只覺得胃內翻騰，趴在地上嘔吐不止。

田尋問眾人：「怎麼了，發生什麼事？」

老伍坐在草地上，呼呼地邊喘氣邊說：「三……三哥，太險了，我剛才差點就……就被蛇給生吃了……」

丘立三也喘著氣，罵道：「真他媽的晦……晦氣，偏偏出洞的時候火把就滅……滅了。」

姜虎說：「你應該高興才對，要是進洞的時候滅，那就……就更倒霉了！」

丘立三沒帶出珠寶，心裡正有氣，他瞪著姜虎說：「你他媽少在這說……說風涼話，是不是想挨揍？」

說完一拳揮去，姜虎也沒好氣，側頭躲過後回手一拳，丘立三大怒起來抄槍就要打，姜虎和丁會也舉槍相對，兩夥人剛才還合作愉快，現在又對上峙了。

這時阿明說：「咱們在這兒光用槍對著有什麼用？這附近小溪裡也有不少珠寶，咱們多找找大家分分，總好過什麼都沒有吧！」

大家一聽，都覺得有道理，丘立三心想也對，我身上這金冠就能值幾百萬，還跟你們閒扯什麼？於是他說：「阿明說得有道理，咱們把這附近的珠寶都找來，平均分攤、每人一份，怎麼樣？」姜虎和丁會對視一眼，都點點頭。

除了田尋、依凡和林小培之外，他們七人開始在小溪、草叢附近搜尋珠寶，尤其是溪水中最多，不多時大夥就湊了各種金銀首飾，堆了一堆。丘立三先把金冠和手鐲收進懷裡，然後把那堆首飾分成七份，每人一份。姜虎和丁會也各分了幾串珍珠、玉佩和金銀手鐲之類的東西，雖然沒有藏寶洞裡的東西多，卻也能值個百八十萬。

此時已是下午時分，太陽開始西斜，林小培大叫道：「我都快餓死啦，你們都不用吃飯的嗎？」

田尋說：「就是，你們也分完了贓，該找些吃的東西了吧？」

# 第二十四章　萬蛇窟

他倆這麼一說，大家才都覺得肚內「咕咕」作響，丁會說：「既然這島上有野猴子，那就肯定有野果，我們順著這小溪往上走吧！」

幾人整整行裝，開始順小溪上行。

不多時來到了溪水上游，只見潺潺清水從一大塊石壁的石眼中流出，看來這就是溪水的源頭了。放眼四顧，這裡並沒有什麼野果，遍地都是野花和長草，附近還有一片樹林。

丁會見天近黃昏，說：「看來天黑之前到不了對岸，得準備在這裡過夜了。」

光頭立刻反對：「在這兒過夜？我才不幹哪！這島上都是野獸和毒蛇，晚上牠們就都出來活動了，我們哪還有命在？」

丘立三卻說：「他說的對，今晚我們必須在這過夜。因為如果繼續趕路，烏漆麻黑的，指不定會走到什麼地方，這裡相對比較安全。你們看那片樹林，我們折些粗樹幹，在樹上搭個簡易的樹床，再在樹下多燃幾堆篝火，動物生性怕火，我們晚上應該不會有什麼危險。」

阿明等人還是不同意，丘立三說：「吵吵什麼？這就是最好的辦法，我當了十幾年野戰兵，還不如你們這群廢物？誰再廢話看我不揍他！」

大家都不吱聲了。

丘立三對姜虎和丁會說：「我們三個去樹林弄些樹幹，光頭、德子，你倆去東面，阿明和老伍去西面，找些吃的東西回來！」

田尋說：「我們去找些藤蔓來，綁樹床時候能用上！」

丘立三笑著說：「你太聰明了，就這麼著，大家快幹活吧，然後都在樹林邊上集合！」取出隨身帶的匕首拋給田尋作工具，眾人開始分頭各自忙碌。

原本是死對頭的兩夥人，在這種困難情況下，居然自覺地合作起來。

田尋和依凡、小培往石壁附近走，這裡生著很多藤蔓，又粗又結實，他用丘立三給的匕首割藤蔓，依凡則在旁邊將藤蔓紮成幾捆。小培在旁邊見兩人合作勞動、有說有笑甚是親密，心中不由得有氣，於是說：「田尋，我也幫你幹點什麼吧？」兩人一聽都大感意外。

依凡笑著說：「我的林大小姐，咱們哪捨得讓妳幹活啊，妳在旁邊歇著就行了。」

小培聽她自稱「咱們」更是有氣，於是自顧走上前去接田尋割下來的藤蔓。田尋把藤蔓遞給她，說：「小心扎手。」

小培說：「我有那麼笨嗎？哼……哎呀！」她扔下藤蔓捏著手指。田尋連忙過來，捧起她的嫩手，見上面扎了個很小的洞，滲出些血來，小培驚叫：「哎呀！流血

# 第二十四章　萬蛇窟

了，你看流血了！」這點傷如果在別人身上幾乎都沒有感覺，可林小培向來嬌生慣養，哪受過這種傷？

田尋說：「大小姐，別那麼緊張行不行？又不會死人！」他幫著擠了擠血，又用溪水洗淨。他說：「妳別在這添亂了，就在一邊老老實實待著。」

小培委屈地倚著大樹坐著，氣鼓鼓地說：「我現在是傷患了，可別說沒幫你啊！」

田尋連連稱是，依凡心裡直想笑，又怕笑出聲來惹林小培發火，於是她對小培說：「小培，妳唱歌好聽嗎？給我們唱一支吧！」

小培連忙說：「好啊，你們要聽什麼歌？」

依凡沒想到她能答應，說：「什麼歌都行。」

小培想了想，清清嗓子唱起來：

「搖搖你的頭，搖搖你的腳，搖搖你的屁股，搖搖你的腰……」邊唱還邊有節奏地扭動腰肢，一副自我陶醉的模樣。

田尋連忙打斷：「我的媽呀，這是什麼歌？」

小培說：「怎麼啦？這可是天上人間裡最新的舞曲呀！」

田尋說：「我最討厭這種東西，這也能叫音樂？還是換一個吧。」

小培說：「哼，土老帽，連這個都沒聽過，唉，唱個什麼呢？」她用手指抵著下巴，用力地在腦子裡想。

依凡看著她天真可愛的模樣，心中頗有感慨，暗想這個女孩生在大富之家，整天過著紙醉金迷的生活，卻還能保持著一份天真和善良，真是不易。

這時，聽得小培又輕輕唱道：「猴娃猴娃搬磚頭，砸了猴娃腳趾頭。猴娃猴娃你不哭，給你娶個花媳婦。娶下媳婦阿達睡？牛槽裡睡。鋪啥呀？鋪簸箕。蓋啥呀？蓋篩子。枕啥呀？枕棒槌。棒槌滾得骨碌碌，猴娃媳婦睡得呼嚕嚕……」

兩人聽得很覺好玩，田尋說：「我說小培，這是兒歌吧？」

小培說：「是呀，小時候媽媽哄我睡覺的時候就唱它，我爹說，只要媽媽一唱起它，我馬上就不哭了。」

依凡笑著說：「是嗎？怪不得我也覺得睏睏的呢！」

三人都笑了起來。小培忽然神色黯然，說：「可惜媽媽死了，我好想媽媽……」說話間，眼裡已是淚光隱現。

依凡走到小培身邊，坐下來把她摟在肩膀，說：「可是妳還有爸爸和哥哥啊，他們也都很疼妳愛妳，對嗎？」小培點點頭。

田尋怕她再傷心，於是支開話題：「藤蔓砍了不少，再弄些枯草，我們也該回去了。」

三人拔了些長草作為引火之物，隨後田尋和依凡拖著藤蔓，小培則費力地抱著兩大捆長草回到樹林，對林小培來說，這幾乎是她有生以來第一次勞動，完全具有劃時代的重大意義。

# 第二十五章　巨蟒

光頭背著衝鋒槍，和德子穿過樹林邊走邊聊，光頭說：「德子，你說咱們怎麼這麼倒霉呢？自從跟著三哥搞完西安那票生意之後，就再也沒安生過，整天叫人追著屁股跑，現在又來到這鬼影都沒有的荒島，可怎麼回去呢？我他媽寧願被員警抓到，也不願意一輩子躲在這鬼地方！」

德子嘆了口氣說：「誰說不是？我和弟弟出來混了好幾年，別說人樣，連錢也沒攢下半分，操他媽的！」

光頭舉目四望，說：「咱們去哪裡找吃的？」

德子說：「去那邊草地看看吧，有了危險也好往回跑。」

光頭說：「這鬼島真他媽的邪門，可得小心點。」兩人來到草地左右搜索了一番，除了樹，就是草，什麼吃的也沒有。

兩人沮喪地坐下，德子說：「什麼也找不到！難道要餓死嗎？」

光頭說：「剛上島的時候岸邊不是有很多椰子樹嗎？」

德子說：「可還沒等走到海邊咱們早就餓死了！」

# 第二十五章　巨蟒

兩人躺在草地上，光頭把衝鋒槍枕在腦後。德子自言自語地說：「這就叫啥人啥命，頭幾年有個算命的瞎老頭子，說我是命犯五毒、時運不濟，必須離開南方潮濕之地，到北方去生活才有好轉，否則一定會命沖毒物。那時我硬是不信，還罵了那老頭一頓，結果當年就在成都犯了事，蹲了好幾年苦窯。現在跟了三哥，也就享了不到一星期的福，就又給弄到這裡來了。唉！認命吧。」說完，他閉上眼睛開始打盹。

光頭說：「北京那個姓尤的王八蛋也他媽太黑心！不給我們錢去澳門不說，竟然還派人來搞我們！要不是三哥給我們使了眼色，現在咱們早就被扔到珠江裡餵草魚了！要是我們能回大陸去，我肯定先去北京找到那個狗日的尤老闆，給他身上幹幾個透明窟窿再說！他媽的！」

側頭一看，卻見德子已經睡著了，他說：「喂，我說你別睡覺啊，咱們還有任務呢。」

德子含糊地「嗯」了聲，沒移動地方，他的睡相很快感染了光頭，光頭伸了伸胳膊，打個哈欠說：「在海上漂了一夜，又在島上走了大半天，只喝了半肚子的水，都快餓死了！唉，我也歇會兒……」說完也閉目，開始打盹。

也不知過了多久，矇矓之中德子覺得身上似乎有些動靜，好像有人將毛毯從他身上拖過，很有些發癢。德子睏得不行，勉強睜開半隻眼睛低頭往身上看。

眼皮縫中只見一排如同兒臂粗細的黑色小腿依次在身上爬過，他驚得睡意全無，忙抬起腦袋看，這一看嚇得他魂飛天外，只見一隻足有五、六米長、渾身黑亮腥臭的大蜈蚣正從他身上慢悠悠地爬過，這巨蜈蚣也不知是吃了什麼化肥，竟比大蟒蛇還長，背上的每節甲殼都像臉盆那麼大。德子大叫一聲「騰」地坐起，用手去推那大蜈蚣。那蜈蚣見德子忽然動了起來，頓時受驚，超長的節肢身體蜷縮起來，將德子牢牢捲住，同時眾多的小腿死死按住他的身體，巨大的嘴裡伸出一對鋒利的螯足就去夾德子的腦袋，德子驚叫著，本能地伸出手去抓那對螯足，可這巨蜈蚣力大無比，螯足一合，把德子的兩隻手牢牢夾在當中，同時嘴裡的毒牙深深扎進他手掌中。

德子連聲慘叫，雙腿亂蹬亂踢，旁邊的光頭驚醒過來，見此情景，嚇得魂飛天外，過了幾秒鐘才回過神來。

這時，巨蜈蚣的大嘴已經叼住德子的腦袋，光頭忙操起衝鋒槍，上膛後就朝蜈蚣的後背開火，「噠噠噠」一個點射，蜈蚣身體亂扭發出「吱吱」的叫聲，暫時鬆開德子，調轉頭朝光頭撲來。光頭大聲號叫著把整梭子彈全都射進了蜈蚣的頭、腹、背裡，衝鋒槍噴著火舌將蜈蚣打得幾乎翻了個身，在草地上胡亂撲騰了一陣，肚腹朝天漸漸不動了，傷口處中不斷地流出黑血。

巨型蜈蚣死了，光頭端著槍，呼呼地大口直喘氣，德子的兩隻手卻已經腫得老

# 第二十五章　巨蟒

大，活像帶了兩隻拳擊手套，跪在地上痛苦呻吟。光頭有點懵了，他噘起口朝樹林那邊狂打呼哨。

阿明和老伍正在不遠處，聽到呼哨連忙飛奔過來。丘立三、姜虎和丁會剛在樹林前面找到一片漿果，正在摘果子時，忽聽身後樹林傳來雜亂的槍聲，是什麼事情如此慌亂？

丁會驚慌地說：「那邊好像出事了！」

丘立三說：「快回去看看！」三人扔下手裡的漿果往樹林裡跑。

等大家跑到光頭這邊一看，頓時全傻了，不由得都往後退。光頭邊喘粗氣邊說：「死了，打死了！」

姜虎喃喃地說：「這……這是蜈蚣嗎？我操，我從來沒見過這麼大的蜈蚣！」

丘立三來到德子跟前，只見他兩隻手掌整個都烏黑發脹，從被毒牙扎破的傷口裡不斷滲出黑血，丘立三抓過一根藤蔓死死地捆住他的小臂，暫時不讓毒血順動脈流向心臟，又從小腿邊抽出匕首在他手掌上劃出幾道傷痕，裡面又流出大量黑血。

德子邊痛苦的呻吟邊說：「三哥，我不想死啊，你要救我，我不想死啊！」

丘立三罵道：「沒出息的傢伙！命不是哭出來的，是自己掙出來的！你再哭我就不救你，讓你去死！」

德子嚇得不敢再哭，只是低低地呻吟。丘立三命令老伍和光頭在附近搜索一下，看看還有沒有別的可疑之物。不一會兒兩人慌慌張張地回來了，說：「三哥，右邊一個山洞裡又發現了好些小的蜈蚣，但也有一尺來長，至少有幾十隻！」

丘立三想了想，說：「那肯定是這巨蜈蚣的幼蟲，附近應該還有其他的巨型蜈蚣，咱們快回樹林裡，快！」兩人架著德子回到樹林。

這時田尋他們也抱著大捆的藤蔓和長草回到樹林，見到重傷的德子都嚇了一跳，田尋忙問：「這是怎麼搞的？」

此時的德子雙手已經腫得老粗，活像戴了兩個碩大的拳擊手套，姜虎說：「讓一條大蜈蚣給咬的！」

田尋奇道：「什麼蜈蚣能咬成這樣？」

光頭說：「那蜈蚣有五米多長呢，你是沒看著，否則都能嚇死你！」

依凡和小培聽了光頭的話，嚇得也沒敢問什麼。

丘立三讓老伍、光頭和阿明三人去樹林前頭，把摘下的漿果帶回來，又用匕首給德子的手掌放了放血。半小時之後，他的手掌有些消腫，丘立三說：「暫時沒什麼大事，可那蜈蚣有毒，毒素能不能攻心，就得看你吳大德八字硬不硬了！」

德子帶著哭腔地說：「三哥，你可要救我呀！」丘立三不再理他。

## 第二十五章　巨蟒

丁會對大家說：「為了保險起見，今晚我們都到樹上去睡覺，待會吃完漿果就開始搭樹床。」

姜虎說：「可我們怎麼上樹呢？。」

丘立三說：「先用樹幹和藤蔓做個簡易的梯子就行了。」

小培說：「我們又不是猴子，為什麼要上樹去睡？」

丘立三沒好氣地罵道：「不願上樹妳就去餵蜈蚣，他媽的！」

小培剛要罵他，被依凡攔住。

不大會，老伍他們弄來不少漿果，阿明說：「三哥，這東西沒毒吧？」

丘立三說：「猴子都吃這東西，沒毒！」說完抄起一個果子大嚼，眾人都餓壞了，連忙大吃起來。這漿果雖然不太好吃，但肉厚汁多，在這荒野之地，也算得上是美味佳餚了。

大夥吃飽後就開始幹活，先用樹幹綁了個簡易長梯，又取來十多根粗樹幹，在幾棵離得近的樹頂之間搭成一張巨大結實的樹床，幹完這些活之後已是傍晚，太陽漸漸落山。

田尋和姜虎又在樹下掘了兩個大坑，坑裡墊上枯草，上面再搭起一大堆樹幹、樹枝，隨後燃起兩堆篝火。最後幾人都順樹梯爬上樹床，分成兩組各自安頓。

昨晚大家在暴雨中困了一夜，白天在島上又驚又怕，早就累得不行，不長時間大夥就都睡著了。

夜漸漸黑下來，暮色籠罩全島。島上不時響起各種野鳥怪異的鳴叫，灌木叢中夾雜著窸窸窣窣的聲音。好在樹林中有這兩堆篝火，也沒什麼動物敢闖進來，倒是有很多趨光的蚊子、飛蛾和昆蟲漸漸從遠處飛攏過來，在火堆旁上下飛舞。

德子手掌上的傷還沒完全消腫，而且有些毒質也慢慢順著血液流到身上，一覺醒來，見四周黑沉沉的、寂靜無比。德子感到有些頭暈、渾身不住顫抖，好像掉進了冰窖。於是他昏沉沉地順著身下的樹幹往前爬，不知不覺爬到了另一棵樹上。

也該著他命苦，一條大蟒蛇剛好緩緩向他遊來，德子感到脖頸上有點涼颼颼的，他還以為是風，吹得脖子上很癢，便禁不住伸手去撓。可他萬沒想到那竟是大蟒蛇的信子，牠正在試探這個獵物的味道是否鮮美，德子伸手撓癢，那隻手恰好伸進蟒蛇的嘴裡。

那蟒蛇見獵物送到家，也沒有拒絕的道理，於是順口先將那隻手吞了進去。緊接著把牠那巨大的嘴儘量張開，將德子的頭也一併吞下。德子還沒來得及感覺不對，就

## 第二十五章　巨蟒

被蟒蛇吃進了肚。

蟒蛇吞食體型較大的獵物也很費力，牠盡力張大嘴，口腔內壁的皺紋肌肉不停伸縮，德子的身體就慢慢往牠體內鑽，他露在外面的雙腿瘋狂地亂蹬，卻發不出半點響動，其他人都睡得香香的，根本聽不到任何聲音。

巨蟒把德子吞掉後，扭扭身子順著樹床向對面爬去。

眾人都在對面的樹上睡覺，那蟒蛇爬著爬著，身子剛好壓過丘立三的大腿。丘立三正在做夢，他猛然驚醒，立時感到腿上的東西有異，大喝一聲：「是誰？」起身一看竟是隻圓滾滾的大蟒蛇！嚇得他飛出一腳。

那蟒蛇剛吞完獵物、行動不便，被丘立三踢個正著，轟然落地，剛好摔在那堆篝火上面，那篝火燃燒了一夜，現在只剩幾根發紅的樹幹，蟒蛇身體裡有那麼沉重的負荷、又被樹幹燙到，顯然痛得厲害，牠痛苦地吐了幾下信子，開始緩慢爬行，想爬想到寬闊點的地方去。

丘立三右手伸出匕首，左手在樹幹上一撐，躍到樹下，其他人也都驚醒，紛紛爬下樹來，大家一瞅，這是什麼怪物？是蟒蛇嗎？可怎麼那麼粗？活像個圓圓的長筒，就是老虎也沒有那麼滾圓吧！可牠的那顆頭又明顯是蛇頭，跟身子比起來小得幾乎可以忽略。

小培迷迷糊糊剛睜開眼睛，看到這奇怪的東西，立刻嚇得高聲尖叫。這蟒蛇可能也感到了自己的危險，不斷吐著信子、加快速度向遠處爬去。

說來也巧，正好爬到光頭腳下，光頭看到田尋那把日本刀正倚在樹下，於是他刷地抽刀猛砍在蟒蛇腰上，蛇腰豁了個大口子，就像新長了個嘴。

蟒蛇痛苦地發出「嗞嗞」聲，一揚頭咬住光頭的右臂，可牠吞了獵物又摔得夠嗆，這一咬也沒多大力氣。光頭大怒，又一刀砍在蟒蛇頭上，蟒蛇痛得鬆了口，又發出「嗞嗞」的叫聲。

在密林中聽到這種叫聲，大家都感到陣陣恐懼，他們以為這巨蟒蛇要開始攻擊，於是都端起衝鋒槍，可那蟒蛇彷彿失去了進攻能力，只是吃力地向前蠕動。每蠕動一下，牠腰上的豁口就一張一閉，當豁口張開時血就像噴井般湧出。光頭振作精神，上去又是一刀，直把蟒蛇攔腰砍成兩截，前面的蛇頭還在亂扭，姜虎端起貳式衝鋒槍，噠噠噠！蛇頭被打得稀爛、頓時死亡。

現在天剛濛濛亮，空氣冷颼颼的，可眾人身上卻都被汗濕透了。

光頭喘著氣說：「這是什麼蛇？怎麼肚子這麼大？」

丘立三也很是納悶，於是下令說：「剖開肚子看看！」

阿明上去一踩蟒蛇的肚子，從切口裡蟒蛇的體液中滑出一個東西來，「這不是德

## 第二十五章　巨蟒

子嗎？我的媽呀！」光頭驚叫道。大夥圍上去仔細一看，果然就是德子，只見他只剩下腰部以上的部分，包裹著厚厚的蟒蛇的胃液，渾身腥臭，早就死了多時。阿明又一踩蟒蛇的下半段，德子的下半身也流了出來，這時眾人才發現剛才德子並沒有加入戰鬥。

大夥沮喪地看著德子和蟒蛇的屍體，心裡有說不出來的滋味，但眾人都有一個想法：還好那傢伙倒霉，要是蟒蛇遊到我身邊，那倒霉的就是自己了。不禁陣陣害怕。

光頭撕下半條衣襟把右臂上的傷口纏了纏，好在傷得不深，只有些血滲出，蟒蛇牙一般都是無毒的，所以也不用擔心。

丘立三看了看周圍，對老伍和阿明說：「你倆快到附近看看，有沒有其他的蛇！」

不多時兩人回來說什麼也沒有。

丘立三鬆了口氣，說：「德子和大軍這兄弟倆的命也太苦了，唉！現在大家多吃點漿果，咱們一鼓作氣走到海邊就好了！」

大家看著蟒蛇和德子的半截屍體，都沒什麼吃果子的胃口，但為了保持體力，總也得吃飽。吃完東西後，大家又各帶武器開始前進，田尋見那把日本刀還很鋒利，就順手帶上。

阿明對依凡說：「我說美女，現在咱們也化敵為友了，我的槍也總該還給我了吧？」

丁會手持衝鋒槍說：「現在還不行，等我們回到大陸再還你。」

阿明沒辦法，只得在心裡暗罵。

走著走著，前面出現了一條峽谷，這峽谷十分險峻，裡面霧氣蒸騰，高處覆蓋著濃密的樹林，不時有受驚的群鳥從林中飛出。谷底有一條狹長的河，水面平靜，潺潺而流。谷深處隱隱傳來海浪之聲，阿明高興地說：「三哥，我好像聽見海浪聲，是不是快到海邊了？」

丘立三興奮地說：「沒錯！穿過這道峽谷就應該到對岸了，順著島邊走就能找到運屍船，我們就有機會回大陸了！」

大家都高聲歡呼起來，可算有了希望。眾人整理自己的衣服和槍，準備開始進谷。

丁會說：「這島上怪物眾多，大家趟河的時候也要多留心。」幾人小心地趟著河水，田尋怕小培摔倒，於是就背著她趟河。姜虎看著河水的顏色呈淺綠色，而且見不

# 第二十五章　巨蟒

到河底，且水流緩慢，心想這應該是和小島的地下水相通，並且是與南海相連的鹹水，一般情況下，太淺的鹹水中不應該有什麼大型生物。

忽然，田尋感覺有個東西纏在小腿上，隨即又離開，不由得小腿一顫，一個趔趄，差點跌倒。丘立三見狀馬上停下來問：「怎麼了？有什麼事？」

田尋心中怦怦跳著，說：「沒事，被水草纏住了一下。」大家又繼續緩慢向前走。

這時，田尋又覺得有東西纏在小腿上，並且時鬆時緊、又軟又黏，感覺有點像泥鰍魚，他戰戰兢兢地邊走邊挪，生怕動作太快驚動了腿上的東西。光頭右臂傷口處的血慢慢滲出，不時滴進河裡。

# 第二十六章　鬼谷

忽然，光頭低聲叫了起來，丘立三回頭罵道：「廢物！這麼點傷就大喊大叫，虧你還是個老爺們！」

光頭說：「不是，三哥，有……有東西纏在我腿上！」

丘立三連忙停住，問：「是什麼？抬起腿我看看！」

光頭右腿動了幾下，焦急地說：「動不了，那東西拽著我！」

旁邊的老伍昨天被巨型蜈蚣給嚇怕了，有點條件反射，聽說光頭腿上被東西拽住，嚇得往旁邊躲了好幾步。

丘立三跑到光頭身邊，抓住他右小腿用力往上抬，較了好幾次力居然沒抬起來。丘立三罵道：「操你媽的，又是什麼東西，跟你三爺裝神弄鬼！」旁邊的姜虎上來，兩人齊聲用力，「嘩啦」一聲將光頭的右腿抬起，只見有個黑不溜秋、好似大鯰魚般的東西牢牢纏在光頭小腿上，身體還不停地擺動。

眾人嚇了一跳，丘立三退後幾步，從後背拽過衝鋒槍掉轉過來，掄圓了朝那大鯰魚的腦袋就是一槍托，「嘭」一聲地砸在大鯰魚的頭上，只覺得像打在橡膠輪胎上，根本沒受力。

這大鯰魚把身子一扭，忽然張開大嘴露出兩排白森森的尖牙，猛咬住光頭腿肚子，光頭疼得長聲大叫，老伍在旁邊看得真切，連忙舉衝鋒槍朝怪魚的腦袋就是一個點射，只聽「噗噗」幾聲悶響，怪魚身體陣陣痙攣，從槍眼向外直噴黑血。

黑鯰魚中槍之後嘴也鬆開，掉進河裡胡亂撲騰，攪得水花四濺。丘立三又補了幾槍，黑鯰魚漸漸不動，魚屍半漂在河面。

丁會大聲道：「快往河邊跑！」

眾人再不敢多耽誤工夫，都加快了腳步往河側面跑，田尋背著小培跑不快，小培急切地大叫：「把我放下來，我自己能行！」田尋放下小培，兩人拉著手飛跑過河。

好在大家都跑出了河底，靠在石壁邊喘氣。光頭邊包紮腿肚子的傷口邊罵：「這是什麼他媽的鬼島？到處都是要命的怪物，操你大爺的！」

丘立三左右看看，他總共帶了六個兄弟，上島之後從大軍被食人花吃掉算起，現在就只剩阿明、光頭和老伍三個人了，而丁會他們五個人卻都毫髮無損，不由得心頭火起。老伍膽子最小，他邊發抖邊說：「三哥，前面不會還有什麼怪物吧？我看咱們是不是另找條路？」

丘立三知道恐懼這東西可以傳染，連忙安慰他說：「哪還有路？這峽谷就是最近的路，別害怕，過了峽谷我們就安全了！現在誰也別靠近河邊，把槍都端起來，跟緊點，沒我的命令不得隨意停步！」

幾人別無選擇，只得硬起頭皮，順著河邊的碎石朝峽谷裡走。

峽谷裡除了河水流淌和風聲之外，幾乎死一般地寂靜，偶爾從高處密林裡「噗啦啦」飛出幾隻鳥，發出陣陣怪叫，令人不寒而慄。這海島地處大海中心，一年四季都是炎熱無比，可峽谷裡卻是涼爽異常，就像有中心空調似的。

又走了一段路，河水漸漸乾涸，前面的谷底變成了泥濘的沼澤，兩旁的碎石路也越來越窄，幾人只能小心翼翼地踩著碎石，右手拿槍、左手扶石壁緩慢前行。

眾人艱難地走了幾十米遠，田尋心裡莫名地升起一股寒意，丘立三就在他身邊，看到他臉上表情有異，不由問道：「怎麼了？」

田尋環顧四周，緊張地說：「不知為什麼，總感覺有點不太對勁。」

丘立三說：「哪兒不對勁？」

田尋咽了咽喉頭，說：「這島上別的沒有，就是不缺昆蟲，什麼蚊子、蒼蠅、飛蛾幾乎到處都是，可為什麼這峽谷裡卻找不到半隻蚊子和飛蟲？」

眾人聽了，也覺得很是奇怪。阿明說：「會不會因為這峽谷裡太涼爽，蚊蟲都不願意來？」

# 第二十六章　鬼谷

田尋搖搖頭說：「恐怕不是這個原因。我記得昨天那片吃人樹的附近也沒有蚊蟲，是因為那裡的很多植物不光吃人，同時也捕食小動物和昆蟲，昆蟲天性懼怕。所以，我懷疑……」

丘立三接口說：「你懷疑這峽谷裡也有昆蟲的天敵？」

田尋停下腳步，喃喃地說：「沒錯。就是不知道那些昆蟲的天敵，會不會也是我們的天敵……」

聽他這麼一說，把四人嚇得夠嗆，老伍早就神經過敏，哆哆嗦嗦地說：「三……三哥，那咱們還是回……回去另找出路吧！」

丘立三大罵：「操你奶奶的，這峽谷離海邊最近，你讓我找哪條路？再廢話我先崩了你！」

老伍被罵得狗血淋頭，再也不敢吱聲了。

丘立三對田尋厲聲說：「你小子也別那麼多廢話，還怕大夥不害怕嗎？」

小培剛要罵他，田尋攔住，心想：這丘立三是怕大家更恐懼，看來他的野外生存能力在這些人中算是最強的。

大夥繼續往前走，前面石壁上出現了很多裂縫，約有巴掌那麼寬，一直通到頭頂的密林中。阿明踩著碎石，腳下一滑險些摔倒，連忙去抓石壁，卻正好把手伸到裂縫裡撲了個空，身子一歪，臉撞在石壁上，撞得生疼。

丘立三罵道：「告訴你小心點，他媽的想啥呢？」

阿明很委屈，剛要說話，忽聽「啪」的聲響，從石壁裂縫中飛出一個黑影，落在沼澤邊的地上。

還沒等眾人仔細去看，那黑影又「啪」的一聲跳起來，剛好落在小培胸前。小培看得很清楚：這東西呈暗紅色，整個約有拳頭大小，六隻帶細毛的長腿緊緊抓著她的襯衣，尤其是最後那對長腿是又粗又長，身子後頭還拖著個圓圓的大肚子，上面全是稜狀突起。

她哪見過這玩意兒，直嚇得花容失色、雙手亂擺，這東西腦袋上長著根尖刺，猛地扎在小培胸前，小培疼得「媽呀」大叫，還不敢用手去抓，只是渾身發抖。旁邊的依凡連忙揮拳朝那東西打去，可拳頭還沒碰到，那東西又後腿一撐，「啪」地跳進石壁裂縫裡不見了。

依凡扶著小培說：「小培，妳沒事吧？」她將小培胸前的運動裝撕開一道小口，露出了她胸前白嫩的肌膚，旁邊的光頭看得眼睛都直了，田尋怒目而視，光頭連忙把頭移開。

依凡見她胸口被那東西刺出了個破口，周圍已是紅腫一圈。田尋過來說：「怎麼

## 第二十六章　鬼谷

了？是什麼東西？」

小培害怕地說：「沒太看清，那東西有拳頭大，很能跳，似乎是從石壁裂縫中蹦來的。」

依凡揉著小培胸口說：「我看清了，好像是……是……」

丘立三說：「他媽的，娘們家就是吞吞吐吐的！是什麼快說啊？」

依凡說：「好像是隻跳蚤！」

丘立三道：「胡扯！哪有拳頭大的跳蚤，妳是嚇糊塗了吧？」

依凡說：「是真的！那東西要是縮小點，就是個跳蚤！」

老伍害怕地說：「拳頭大的跳蚤？我的媽啊，咱們還是快走吧，趕快離開這地方！」

丘立三把手一揚，幾人加快腳步向前走，碎石路本來就很窄，為了躲避沼澤，只能緊靠石壁而行，腳下不時滑倒，路走得很艱苦。走著走著，忽然從前面傳來一陣嗡嗡聲，幾人連忙停住。小培胸前的傷口已經腫起老高，她心有餘悸地問：「什麼聲音？那是什麼聲音？」

老伍說：「不會又是那種老鷹似的大蜻蜓吧？也沒什麼可怕的。」

老伍剛說完，前面大裂縫裡又嗡嗡飛出一大群灰影，灰影出來後四裂散開，見到外面有人，立刻鋪天蓋地地圍了過來，轉眼間六個人身上、頭上都落滿了東西，幾人大叫著，忙不迭用手撲落，這些東西不但往身上落，而且還會扎人。

姜虎在最前面首當其衝，其中一個東西正落在他臉上，姜虎立刻感到臉上鑽心的疼，他用手一抄，把這東西抓在手心仔細一看，頓時目瞪口呆，原來是隻大蚊子！

丘立三也看清了這些東西是一大群巨型蚊子，他邊揮舞手中的槍打落巨蚊邊叫：「是大蚊子，大家快散開！」

幾人被巨蚊叮得矇頭轉向，連忙朝峽谷中間跑，谷中都是泥濘的沼澤，爛泥直淹到膝蓋彎處。巨蚊陰魂不散，一直追著眾人，光頭和丁會抬槍朝群蚊掃射，只打下來數隻，大群的蚊子還是紛紛撲來。

田尋揮舞著日本刀去砍巨蚊，大叫：「開槍沒用，快點火，蚊子怕煙熏！」

阿明被叮得渾身紅腫，狼狽地說：「沒有火種啊，怎麼點火？」

光頭在泥裡亂跑，看到旁邊石壁縫裡長著棵枯死的樹，他端起衝鋒槍朝這棵枯樹近距離開火，火苗點燃了枯樹，光頭折下枯樹，接著又點燃了另外幾棵。不多時火苗越燃越大，青煙呼呼直冒，丘立三等人又都折了幾根枯樹，用雙手抓住在眼前亂揮。

別看這群蚊子比普通蚊子大好幾十倍，卻也同樣害怕煙熏，在彌漫的青煙作用之下，群蚊四散飛舞，紛紛逃進峭壁高處的密林裡。

# 第二十六章　鬼谷

大家見蚊群跑了，都站在泥澤裡不敢動，手裡的枯樹枝還在燃燒著。老伍的臉被叮得像豬頭，腫得眼睛都看不清路了，他說：「三哥呀，咱們離石壁遠點，就在這泥地裡走吧！」

丘立三喘著氣說：「大家多折點樹枝，儘量別讓手裡的火把熄滅！」

幾人把槍挎在肩上，又折了好幾條樹枝夾在腋下，右手舉著火把在峽谷裡邊走邊四處放煙。蚊子天性怕煙，所以沒再回來進攻。

正當大家鬆了口氣時，忽然老伍腳底一滑跌倒在泥裡，這些泥很臭，他頓時變成了半個泥人。

阿明費力地將老伍從爛泥裡揪出，捂著鼻子說：「看你這一身臭泥！那邊有個水坑，你快去洗洗！」老伍渾身臭泥，差點都把自己給熏死，連忙跑到那水坑邊去洗。

阿明看著自己身上的腫包，又看看其他幾人，都是狼狽不堪，形同乞丐，他說：「我們的命怎麼這麼苦，偏偏來到這個鬼島上，真他媽的還不如死了！」

丘立三咧著嘴說：「你他媽的還發牢騷，我不也一樣倒霉嗎？」

阿明氣憤地說：「三哥，我們幾個跟著你是想發財，可現在財沒發著，反倒丟了好幾條命！」

丘立三把眼一瞪：「他媽的我有什麼辦法，這能都怪我嗎？」

阿明氣呼呼地說：「要不是聽你的主意躲在太平間裡，裝成死屍進到運屍船上，咱們幾個能來到這鬼地方嗎？」

丘立三說：「廢話！不這樣你們能逃到澳門去？你有翅膀會飛嗎？他媽的反來指責我！」

光頭心中一直有氣，但沒敢說，現在他見阿明先向丘立三發難，也大聲說：「就是你這個餿主意把咱們幾個害了！不怪你怪誰？」

丘立三大怒：「你他媽的也跟著起哄？想挨揍是不是？」

光頭嚇得向後退了幾步，但他身材魁梧，卻也不十分怕丘立三，嘴裡強硬地說：「憑什麼打我？我跟著你是發財來，不是挨揍來了！」

丘立三點了點頭，嘿嘿笑著說：「對，你說的對，你不是挨揍來了！」忽然他搶上一步，照著光頭面門就是一拳。

光頭沒想到他說動手就動手，連忙抬胳膊去擋，卻不想丘立三這是虛招，他右手握住他手腕反向一掰，光頭感覺胳膊劇痛得像要斷掉，他疼得大叫，知道自己雖然強壯，卻遠不是有過十幾年野戰兵身手的丘立三的對手，嘴裡求饒道：「三哥，放了我吧，我知道錯了……」

丘立三也不想多難為他，放開光頭的胳膊，惡狠狠地說：「他媽的，你小子下回說話之前多動腦子想想，免得再吃苦頭！」

阿明和光頭都不再說話，垂頭喪氣地喘氣。

那邊老伍還在水坑邊洗著身上的臭泥，正洗得起勁，忽見從水坑裡咕嘟咕嘟往外冒泡，他現在是草木皆兵，嚇得差點栽到泥裡，大叫：「冒泡，水裡在冒泡！」

丘立三等人過來一看，姜虎說：「那是從泥澤裡逸出的氣泡，沒什麼大驚小怪的，不用害怕。」

老伍將信將疑地看著水坑，說：「真沒事嗎？那還好，我再洗一洗……」

丘立三擦擦頭上的汗，說：「這該死的鬼峽谷，真是他媽的百年不遇，可今天偏讓我丘立三遇上了！」

他側頭看了看旁邊的姜虎，忽然無名火起，上去就是一腳，姜虎也當過十幾年偵察兵，身手敏捷，見丘立三眼神有異，心中早有提防，見他抬腳踢來，連忙側身躲過，問道：「你幹什麼？我他媽又沒惹你！」

丘立三罵道：「他媽的要不是你們在船上搞鬼，我們也不至於在海上迷路，我先打死你再說！」說完他拽過衝鋒槍就要打，丁會和姜虎都舉槍相對，田尋和依凡、光頭也都抬槍互瞄，兩夥人又較上勁。

旁邊的阿明卻伸手抬起丘立三的槍，丘立三一驚，阿明扣動扳機：噠噠噠！子彈射進高處的密林，驚起一群飛鳥。

丘立三側頭道：「你幹什麼，還想和我動手？」

阿明說：「三哥，現在我們還在這鬼谷裡，沒完全脫離危險，等出了峽谷還要去找船，到那時候我們再比劃也不遲！」丘立三心想有道理，於是雙方又都慢慢放下槍。

忽然，聽旁邊的老伍大聲慘叫，眾人回頭看去，只見在水坑旁洗泥的老伍雙手捂臉，臉上冒出一陣黃煙，他像發了瘋似地亂跑亂叫，光頭和阿明連忙跑到他身邊左右按住，丘立三用力去掰他的雙手，卻沒想到身體瘦弱的老伍此時雙手卻十分有力，丘立三一時竟掰不開。

阿明跑過來和丘立三兩人同時用力分開老伍的手，卻把兩人嚇得後退幾步，只見老伍臉上肌肉腐蝕，眼眶和嘴唇附近的肌肉已經脫離臉頰，露出了骨頭，脫離的肌肉和臉之間只連著半點皮肉，就像融化了似的，整個眼珠和兩排牙齒都暴露在外，就像電影裡的殭屍一般，形狀極為可怖。

依凡雖然膽大，卻也嚇得捂臉抽氣，小培更是大叫：「鬼啊，有鬼啊！」饒是丘立三為人凶狠膽大，見了這可怕的一張臉也嚇得心驚肉跳。

阿明更是嚇得頭髮倒豎，他顫抖著叫道：「老伍怎……怎麼變成了鬼？」

# 第二十六章　鬼谷

老伍大張著牙齒，肌肉中「嗞嗞」亂響，好像被澆上了硫酸。

丘立三向水坑望去，只見一隻巨大的癩蛤蟆半露在水面，兩隻大眼睛直瞪著幾人，下巴上還一鼓一鼓的，似乎很生氣老伍打擾了牠的休息。光頭抬衝鋒槍朝癩蛤蟆射去，將牠射死在水坑裡。

丘立三看了看老伍，心想這傢伙也真倒霉，眼看是活不成了。他說：「阿明、光頭，你們倆扶著他，其餘的人斷後，我們快點出谷！」幾人無心留戀，在泥中深一腳淺一腳地走著，只盼著能快些走出這恐怖的峽谷。

前面的霧氣漸漸淡了，潮水聲越來越近，海岸似乎已經不遠，丘立三說：「大家快走，馬上就要走出去了！」

# 第二十七章　九死一生

走在最後的丁會端著衝鋒槍，幾乎是倒退著走路，他邊走邊警覺地四處看著，生怕再有什麼東西出來，給大夥來個攻其不備。走了幾十米倒也平安無事，他鬆了口氣，轉回身體緊跑幾步想趕上隊伍。

可他卻沒看到，在他身後沼澤中慢慢升出一個粗如水桶般的肉柱，這肉柱肥肥圓圓，上面滿是幾寸長的剛毛，最前端開著口，裡面裡三層外三層生滿了齒狀的肉芽，那肉柱伸出足有兩米多長之後，彎曲過來，前端的開口猛地兜頭罩在丁會腦袋上。

丁會正在跑著，忽然眼前發黑，鼻中先聞到一股惡臭氣味，緊接著就開始窒息，他下意識張嘴大叫，嘴裡立刻湧進大量黏液，他驚恐無比，伸手亂揮亂抓。那肉柱將丁會叼住後凌空高高提起，丁會想開槍掃射，可那肉柱動作極快，蠕動中一吞一吸，轉眼間已經吞至丁會的胸口。他手裡的衝鋒槍噗地掉進泥中，那肉柱帶著丁會慢慢退回，幾秒鐘的工夫就又縮回沼澤、蹤影不見。泥面上又恢復了平靜，只冒出幾串氣泡，好像剛才什麼事都沒發生過。

丘立三邊走邊催促幾人快走，田尋不經意回頭間卻不見了丁會，他伸頭左右看

## 第二十七章　九死一生

看，喊道：「丁大哥，丁大哥！」峽谷兩邊一覽無遺，根本沒有丁會的蹤影。

他忙問：「姜大哥，你看見丁大哥了嗎？」

姜虎說：「不就在我身後呢嗎？」回頭一看，哪裡還有丁會的人影，「咦？剛才還跟著我屁股後面跑呢，人呢？」姜虎和田尋大聲呼喊，聲音在空曠的峽谷裡來回撞擊。

依凡害怕地說：「鬧鬼了，這峽谷裡有鬼！」

丘立三見這幾人磨磨蹭蹭，也不管他們，自顧逃跑。扶著老伍的阿明和光頭見連丘立三都害怕了，哪還顧得上扶老伍？兩人鬆開他沒命地往前跑去。

老伍早已經奄奄一息，忽然間沒了支撐，身子一晃就要摔倒。忽然，從附近石壁迅捷無倫地伸出一條紅黑相間的長蛇尾，勾住他的腰身拉進裂縫裡。

田尋心知丁會的失蹤絕非鬧鬼，他叫道：「我們快跑吧，沒時間了！」四人正跑著，旁邊刷刷幾聲，石壁裂縫中又鑽出好幾條長蛇，只有尾沒有頭，劈頭蓋臉向幾人捲去，幾人齊聲大叫、抬槍就射，打得那些紅黑相間的蛇尾「噗噗」冒血，又縮回石壁。

姜虎邊掃邊叫：「我打死你們這些怪物！」忽然沼澤裡噗噗連聲，幾根巨大的肉柱又從不同的方位升起，幾人自出娘胎，哪見過這樣的東西？頓時嚇得魂不附體，手中衝鋒槍狂噴火舌，射向這些恐怖的怪物，幾根肉柱身上中彈，卻不流血，而是不停地冒出噁心的白色膿液。

林小培緊緊拉著田尋的手狂跑，忽然一條紅黑長蛇從石縫伸出，捲在林小培的腰上，她嚇得瘋狂大叫，田尋也幾乎被帶了過去，他再不遲疑，刷地抽出日本刀朝那長蛇砍去，手起刀落，一刀兩段，斷口處黑血四濺，那長蛇帶著小半截身軀鑽回石縫。

光頭開槍掃得興起，不多時就打光了子彈，他邊大聲罵著邊抽出彈匣，從口袋裡掏彈匣換上，有個肉柱趁機把身體一彎，猛套在他持槍的右手，連臂帶槍都給吞了進去。這時光頭剛好把彈匣安好，見肉柱吞了自己的胳膊，他號叫著，在肉柱嘴裡的右手扣動扳機，整梭子彈全都射進肉柱的體內深處，那肉柱一陣痙攣，「噗」地把的他右手給吐了出來。

光頭狂喜，以為自己死逃生，卻沒想身後又有一隻肉柱升起，這回連人帶頭都吞了進去，光頭再無回天之力，右手連扣扳機卻沒了子彈。這時又有好幾隻肉柱湊過來，共同分享這難得的大餐。

田尋、丘立三、姜虎、阿明和依凡、小培六人趁那些肉柱會餐的時候，連滾帶爬終於跑出了峽谷。峽谷外就是海岸邊，此時正是中午，炙熱的太陽光照射在海灘上，成排的海椰子樹長在岸邊。大家跑得心膽俱裂，往身後一看，並沒什麼東西追上來，

## 第二十七章　九死一生

看來那些恐怖的生物只喜歡待在那條狹長的峽谷之中，靜靜等待倒霉者的闖入。

六人直跑到海邊，手扶著海椰子樹幹，大口喘氣。小培更是驚恐萬狀，緊緊抱著田尋說不出話來。

忽然間，阿明大喊大叫，腦袋往樹幹上連連猛撞，像發瘋了似的。

丘立三叫道：「你幹什麼？」

阿明直撞得鮮血直流，一屁股坐在沙灘上，號叫道：「我這是幹什麼來了？我不想死啊，我不想死！」說完又「咣咣」撞樹。

丘立三和姜虎對視一眼，知道他這兩天遇到太多恐怖經歷，現在已經是精神分裂，幾近崩潰。

丘立三也跌坐在地，說：「不管怎麼說，我們幾個還是逃……逃出來了！」

姜虎也喘著粗氣說：「咱們六人的命太大了，我真不敢相信現在還活著！」田尋邊喘氣，邊點頭表示同意。

丘立三走到阿明身邊把他扶起來，說：「阿明，現在我們還活著，這就是勝利，懂嗎？剛才的一切你就只當是做了場夢，聽見沒有？做了場夢！」

阿明雙眼茫然地點點頭，眼睛直盯著遠處的大海說不出話。

丘立三說：「現在我們還是別在這兒休息，先順著海灘走，離這個鬼峽谷越遠越好！」

三人互相攙扶著，順著海邊往前走。

丘立三問姜虎：「你的船在島上什麼方向，還有印象嗎？」

姜虎看看頭頂的太陽，說：「我記得昨天早晨上岸時，太陽在我的左側頭頂，那我就應該是在島的南面，而現在太陽在咱們頭頂偏右處，那我們就應該是在島的西北面，換句話說，我們繞過半小個島就能找到船了。」

丘立三斜眼看著他，說：「我記得你說你也當過兵，在哪兒服役？」

姜虎說：「十四年前在廣西當過偵察兵。」

丘立三哼了一聲：「那半截入土的老林頭倒也真出血本，找了這麼多特種兵練家子追殺我，操你奶奶的！」

小培剛才一直神色茫然，田尋和依凡怕她受刺激太深，正在擔憂時，卻聽小培對丘立三罵道：「你才是半截入土的老禿子！砍頭沒掉的醜八怪！」

丘立三氣得哇哇怪叫，說：「我今天不打死妳這個臭丫頭，就他媽的不姓丘！」

田尋和姜虎見狀連忙擋住。正在紛亂之時，忽然從一棵海椰子樹後頭「騰騰騰」

# 第二十七章　九死一生

跑出一隻巨鳥來。

這隻巨鳥活像鴕鳥，可是比鴕鳥更高也更大，站起來足有三米多，身上全是灰色的羽毛，兩隻粗壯的褐色大腳上長著三個腳趾，腦袋上有黃色發亮的鉤狀嘴，紅色的眼睛溜圓，直勾勾地瞪著幾人。

大夥的膽都快嚇破了，小培聲音發顫地大喊：「大鴕鳥，大鴕鳥！」說話間，那巨鳥已經甩開兩腿飛奔過來。

六人嚇得落荒而逃，這巨鳥跑得很快，轉眼間就追上了落在最後的阿明，阿明神志還沒完全清醒，跑得很慢，那巨鳥跑到阿明面前忽然騰空跳起，抬起右爪猛踹在阿明後背，這巨鳥力大無比，直把阿明踹得口中噴血，身體飛出好幾米遠。

巨鳥撂平了阿明，又朝其他人追來，丘立三和姜虎抬槍就射，兩股火力夾攻之下，巨鳥被打得羽毛蓬飛，倒地亂踢亂扭，不一會兒就死了。

見巨鳥死掉，丘立三連忙去查看阿明的傷勢。只見阿明連連咳嗽，嘴裡噴血不止，眼見是活不成了。

他拉著丘立三的手，支撐著說：「三哥……看來我是回不去家了，你要是還能活著回去，就念在我跟了你幾年的分上，去看看我老娘……把我那份珠寶給她……」說完腦袋一歪，睜著眼睛咽了氣。

丘立三雖然生性凶狠、無惡不作，聽到阿明臨死前這番話不禁也掉了淚，他將阿明的眼皮抹下，從他懷裡掏出那份珠寶收起來，說：「阿明，你放心，我要是回了大陸，肯定給你老娘一筆錢，給她養老！」

其他幾人都心中黯然，站在一旁不語。

丘立三站起來，瞪眼睛對大家說：「看什麼？死人有什麼好看的？快走吧！」

剛走不一會兒，小培又說：「我餓了！」

姜虎說：「咱們打點海椰子吃吧！」

丘立三說：「妳倒餓得快！」嘴上罵著，卻舉槍射向海椰子樹，打下許多椰子，幾人砸開椰子大吃起來。

正吃得起勁時，忽然從一個大沙丘後轉出好幾隻巨鳥，這些巨鳥似乎得知有同伴被殺，凶巴巴地朝眾人奔來。大家嚇得連忙爬起來，姜虎和丘立三邊跑邊開槍，田尋和依凡也用手槍連連射擊，可子彈很快就沒了，而巨鳥似乎越來越多，依凡大叫：「我們跑不過牠們，快躲到樹林裡！」

幾人轉身向島中密林逃去。密林裡樹木叢生，巨鳥來到密林外進不來，急得左右直轉，但動物畢竟性蠢，轉了幾分鐘後見捕食無望，就都回頭走了。

大家在樹林裡坐下，丘立三說：「我是真他媽的不想再邁進這島上一步，可是沒

# 第二十七章　九死一生

辦法！」

田尋左右看看，說：「這片樹林相對還是比較安全，我們就在樹林裡靠著岸邊走吧！」

丘立三表示同意。他看了看姜虎，說：「你還要抓我回去向老林頭交差收錢嗎？」姜虎經過了這麼多事，又不明不白地死了丁會這個兄弟，心裡早就看開了，他嘆了口氣，說：「都到了這步田地，還談什麼收錢、抓人？我們現在是一條線上的螞蚱，同病相憐，最好就是齊心合力，逃出海島，這兩天咱們都死過好幾回了，難道我還能把錢看重嗎？換句話說，我也不想抓你了，只要我能活著回大陸，咱們就各奔東西，你去澳門，我回天津，小培他們回西安，就當誰也沒見過誰。」

聽了姜虎的話，丘立三將信將疑，他看著姜虎說：「你真不想抓我回西安了？那可是有一百萬的賞錢！」

姜虎說：「命都沒了，有再多的錢又能怎樣？就像你，你的主子給你幾百萬，可你的手下都死了，他們能享受到一分錢嗎？」

丘立三想起這兩天死掉的六個手下，沉默不語。

姜虎又說：「人這東西也真怪，沒錢的時候總想發財，可現在我明白了，和活命比起來，錢簡直就不是個東西。」

丘立三嘿嘿笑著說：「不瞞你們說，如果不是在這鬼島上經歷了這麼多事，我也和你有同樣想法，腦子裡就希望多賺點錢、能過上好日子。現在就剩咱幾個人了，只要你們不再和我作對，不想抓我，我們就各奔東西。在島上我們分的那些珠寶，也足夠活下半輩子了。」

姜虎笑著說：「成交！那咱們就快趕路吧！」幾人在樹林裡穿行，繼續往前走。即將走出這片樹林時，忽然丘立三遠遠望見林外沙灘上有個小黑點，仔細一看好像是條船，他連忙問：「喂，你看那是不是咱們的船？」

田尋放眼望去，高興地說：「沒錯，就是運屍船！」

丘立三「呸」地吐了口說：「你他媽的烏鴉嘴，能不能說點吉利的？我知道是運什麼的船！」大家加快腳步向運屍船方向跑去。

跑了一陣，前方又被一座巨大的山石擋住去路，山石旁邊雜草叢生，中間有條天然形成的小路。

田尋說：「看來得穿過這條小路才行。」

丘立三連忙搖頭：「我可不進這鬼地方，搞不好再蹦出什麼巨蚊子、大肉柱那可就徹底玩完了！還是去沙灘那邊吧。」

田尋指著沙灘邊的椰子樹群說：「你看，那有群巨鳥在樹下休息，你敢過去打個

第二十七章　九死一生

招呼嗎？」

丘立三一看，果見有十多隻巨鳥聚在一塊，都蹲在沙灘上打盹呢。

丘立三說：「我寧可去沙灘那邊！我手裡有槍能對付巨鳥，峽谷裡那些傢伙可是不吃槍子的！」

姜虎說：「那你去沙灘，我們走這條路！」

丘立三眼珠一轉，說：「沒問題，那我們就此別過！」說完他出了樹林走去。

田尋說：「我們四個人這邊走！」

姜虎說：「田兄弟，這條路真的比沙灘上安全嗎？」

田尋看了看外面，說：「其實我也說不好，但我肯定丘立三自己是跑不過那些巨鳥的，能不能從這裡穿過，就看運氣了。」

依凡說：「我們幾個的運氣一向不錯，那就聽你的吧！」大家打定主意，但在這山谷之中還是步步為營，不敢大意。

向裡走了一段路，見附近有幾個天然的岩洞，大小不一，形狀各異，也不知裡面有多深、多黑洞洞的。借助外面的陽光，隱隱約約看到洞口旁邊似乎有些東西，又不像是什麼怪物，倒像是個人形。田尋和姜虎慢慢湊過去一看，赫然是具枯骨，身上還有沒完全爛掉的衣服，從殘存的衣服碎片上看似是個富商，旁邊有只落滿灰塵的包。姜虎看了看四周並無其他動靜，便進了洞來，仔細端詳這具枯骨。

從骨架上看，應該是個成年男性，骨架沒有了右小臂，想必是被島上哪個怪物給借去填了肚子，田尋看了看骨架，又撿起地上那只皮包撲掉灰塵，原來是一只大牛皮包，雖然已老舊不堪，但從樣式和做工來看顯然是上等皮貨。

姜虎拉了一下拉鍊，年頭太久根本就拉不開，他用力將拉鍊生生扯斷，打開皮包，裡面裹著一些金銀珠寶，居然還有支國產的六四式手槍，看來是包主人用來防身用的，但手槍這東西面對這島上的怪物，自然是毫無作用。除了這些東西之外，還另有個錢包，姜虎打開錢包，裡面有一些美金和菲律賓元、幾張信用卡和一張出海的邊防證明，還有張全家福照片，上面是個富態的中年男子和妻子、女兒的合影。

田尋說：「不用說，這中年富商就是這具枯骨了。這富商應該是從沿海某市出海到菲律賓做珠寶生意，途中和自己一樣遇上了鬼霧，來到南中國海域，倖存的他又被颶風給請到了這個見鬼的荒島上，身受重傷，躲到這洞裡之後，失血過多而死。」

姜虎點點頭，又看了看這幾件珠寶，其中有尊翡翠佛像，幾串珍珠項鍊，一個金錶，和一塊玉佩，田尋說：「這幾件都是價值不菲的值錢貨，不然這富商也不能只將

# 第二十七章　九死一生

這幾件寶貝帶上，臨死也沒離開身邊，尤其是這尊通身翠綠的佛像，在這陰暗潮濕之處數年並無半點烏澀之色，卻更顯得晶瑩溫潤。」

姜虎說：「田兄弟，你跟著我們一路上出了不少力，這些東西你就帶上吧，如果我們能回家，也算有些收穫。」

田尋搖搖頭說：「我覺得在性命危難的時候，貪財越多，就運氣越差，這些東西我不能拿。」

說完他站起來，向洞裡看去。姜虎心想：你裝什麼清高？你不要我要！於是把那幾件珠寶都揣進懷裡。

# 第二十八章　巨型蜘蛛

田尋朝洞深處探了探頭，裡面黑黝黝地，只能隱約看見洞壁，能見度很低，不過還可以感覺到有冷空氣在流動，這足可以證明，這洞另有出口與外界相通，如果洞裡是封閉的，那麼即使這個洞再長再深，空氣也是死的。四人硬著頭皮，向洞裡走去。

貼著洞壁的岩石往裡走，從上面不時地往下滴水，姜虎手扶著石壁，生怕再摔倒。走了幾十米，洞裡越來越潮濕，光線也越來越暗，姜虎心裡沒了底，萬一走著走著忽然發現洞是死的，那還得往回走。

正擔心時，忽然聞到一股惡臭的氣味，藉著昏暗的光線，在洞角落裡有堆東西，就是這堆東西散發出的惡臭，小培捂著鼻子說：「什麼東西這麼臭啊？我要吐了！」

田尋上前仔細辨認了一下，登時嚇得顫抖：原來是一堆巨蟒蛇的蛇皮！只見那蛇皮上圍著很多蛆蟲，顯然是剛扒下來不長時間，難道這裡是巨蟒的墳墓？

再看旁邊，還有隻巨大的昆蟲的屍體，仔細一看卻是隻特大號的蝗蟲，足有兩米多長，屍體已經風乾乾枯，肚腹空空，大腿也沒有了，只剩下腦袋、翅膀和一副外殼，旁邊還有很多各種各樣的昆蟲和節肢動物的屍體，有的殘缺不全，有的只剩外

## 第二十八章　巨型蜘蛛

殼，反正沒有一具是完整的。

姜虎心裡直打鼓，說：「這裡是什麼東西？」

田尋說：「首先可以肯定這裡絕對不是蟒蛇的老巢，因為蟒蛇不吃昆蟲，而這些種類不同的昆蟲也不太可能約好了同時自殺，應該是被另外的、更強大的生物所獵殺。但什麼生物能有如此恐怖力量？」

早晨那巨蟒襲擊德子的慘相現在他還清晰記得，可這生物連巨型蟒蛇都吃，簡直太可怕了。

幾人漸漸感覺到一絲寒意，再向洞裡看去，兩旁還有更多的動物屍體，惡臭彌漫，令人欲嘔，但遠處似乎有些光亮，好像已經快到了盡頭，大家把心一橫，也顧不上其他，先出洞口再說。

走著走著，田尋的心裡總覺著有點不舒服的感覺，好像身後老有人跟著。猛回頭望去，一眼可以看到洞外十幾米，根本就沒有什麼人，可心裡頭就是發毛，卻還說不出哪裡不對勁。

四人快步朝亮光處走去，前面出現一片被岩石包圍著的草地，草地盡頭處豁然開朗，通往外界。四人大喜，加快了腳步前進，忽然田尋腳下絆倒狠狠摔了個跤。

他坐在地上回頭看去，嚇得連連倒爬幾步，只見有個人全身都被包裹了一層厚厚的白繭似的東西，嚴嚴實實的活像個木乃伊，只有腦袋還露在外面，雙眼突出，嘴張得老大，顯然臨死前受了極大的痛苦。這人已死去多時，頭上開了個大洞，流出的腦漿和血水完全乾涸。

田尋仔細看了看那人的臉，又是大驚：這不是被巨蟒活活吞掉的德子嗎？怎麼又死在這兒了？他爬起來左右看看，忽然在另一處角落又發現一個包著白繭的人，姜虎過去辨認，竟是昨天在藏寶洞中被群蛇咬死的阿齊！

這阿齊也是同樣的死法，頭上被開了個大洞，渾身都是傷口。依凡嚇得心臟狂跳，他緊緊抓著田尋的胳膊，姜虎看見前面是個兩岔路口，左面的似乎有光亮傳來，四人定了定神，連忙朝左側跑去。

出洞後見是個小山坳，山坳盡頭是一片平坦的草地。四人經過一塊巨石時，忽然對面冒出人來，竟然是丘立三！他也端著槍，一見有人出來，丘立三臉色陡變，抬槍就是一個長點射，「噠噠噠噠噠！」

姜虎剛要低頭躲避，卻見丘立三只朝自己頭頂上空開槍，根本沒打自己，姜虎知道丘立三當兵多年，不可能在這種近距離射擊時會失了準頭，他急向右閃。幾人往上面一看，登時都嚇得失聲。

只見一隻比火車頭還大的蜘蛛，正停在姜虎頭頂上，肚腹朝下，肚子上的花紋好

# 第二十八章　巨型蜘蛛

似人臉，八隻超長的節肢撐在兩面的洞壁岩石之上，龐大的身體在節肢的支撐之下，凌空而立，兩隻足球大小的黑眼睛左右探出，不停地朝不同的方向亂擺。

這時田尋才知道，原來這大蜘蛛早在洞裡的時候就停在洞頂上一直跟著他走，怪不得自己總感覺有人跟蹤，卻又看不到人，現在想起來，這傢伙要是在洞裡就下手，自己就算是有十條命也早完了。

丘立三那幾槍都打在大蜘蛛的肚子上，牠只往後略一退，八隻節肢分別活動，身體便向前挪，動作迅速而且毫無聲音，巨大的軀體無聲地運動，這種強烈的反差令人感到恐懼。

蜘蛛前進到丘立三跟前，從嘴裡忽地探出一隻虎爪狀的大鉤子，直扎向丘立三頭部。丘立三驚恐之極，忙就地一滾，躲到了巨石背後，那大蜘蛛隨即又朝姜虎撲來，動作快得出乎意料，一轉眼那大鉤子就伸到了面前，他大叫一聲，抬槍朝蜘蛛嘴裡就是一梭子。槍口噴出的長長火舌都燎到了蜘蛛身上的茸毛，打得大蜘蛛往後退了幾退，噗噗幾聲，從嘴裡吐出幾股黏糊糊的白色液體。

姜虎在這空隙裡轉身就跑，丘立三也從巨石後面轉出來，朝草地豁口那邊跑去。田尋和依凡手槍早沒了子彈，也幫不上忙，都跟著丘立三跑去。

大蜘蛛中彈之後，似乎並無大礙，又迅速地運動節肢追了上來，草地旁邊是一道陡峭的山谷，谷上巨石林立，大蜘蛛的長爪在石壁上抓過，不少石塊受了震動，紛紛滾落下來，一些還砸在大蜘蛛身上，大蜘蛛為了躲避石塊，又向後退了幾步，轉到了山谷後面。

五個人一起沒命地跑，直跑到草地外面的一堆岩石後面，雖然還沒有逃出山谷，但這裡地勢陡峭，又十分狹窄，那大蜘蛛要想襲擊進來倒不容易。丘立三靠在石頭上，大口喘著氣，姜虎提著槍，也是累得直不起腰來。

丘立三看著這四個人，說：「你……你們他媽的命還真大啊！從洞口居然能活著走出來，我真……真不明白，那大蜘蛛為啥不在洞裡吃了你們，卻一直跟著出來呢？」

田尋邊喘氣邊道：「我……我哪知道……」

依凡剛要說話，聽頭頂有動靜，抬頭一看頓時嚇了大跳，只見那大蜘蛛的一隻長滿絨毛的長腳不知什麼時候從高高的石壁上伸出來，她大叫道：「不好，牠又爬上來了！快跑！」

幾人仰頭一看，臉上立時變色，二話不說扭頭就往峽谷另一端跑，那大蜘蛛的腳力真是非凡，能從光滑的石壁硬爬上來，見五個活人在峽谷下狂奔，牠便也沿著高高的石壁邊遊走，寸步不離地跟著。

# 第二十八章　巨型蜘蛛

丘立三抬手朝頭頂石壁處一個點射，那大蜘蛛退了退又緊跟上來。他邊跑邊說：「他媽的，光這麼跑也不是事啊！」

田尋說：「看起來，我們根本是甩不掉牠，必須想個辦法幹掉牠才行！」

丘立三臉露難色：「幹掉……幹掉牠？談何容易！你以為是人，我一槍就能撂倒？這傢伙太大了，用槍根本就不行！」

幾人跑過一段彎路，面前是一片濃密的小松樹林，兩人也顧不上裡面還有沒有什麼吃人植物了，一頭扎進林子裡。

那大蜘蛛從石壁後面繞了過來，也想鑽進松樹林裡，可林子裡的每棵松樹之間只有兩、三米左右的間隙，大蜘蛛軀體龐大，根本就擠不進來，牠急得在外面團團直轉，左碰右碰，就是進不來。丘立三回頭一看，樂壞了，他來到大蜘蛛近前不到五、六米處，在樹林裡先朝大蜘蛛放了幾槍，又指著牠罵道：「你個龜兒子，不是挺厲害的嗎？吃了我兩個手下，還喝他們的腦子？我操你媽的，你怎麼不敢進來啊？」

大蜘蛛隔著幾棵樹，急得左右亂竄，丘立三正跳著腳罵呢，忽然大蜘蛛兩隻前爪一揚，嘴裡的鉤子伸了出來，嘴下面有一個突起的大黑瘤子抖動起來，田尋見到蜘蛛的變化，疾聲大叫：「快躲開！」

丘立三愣了一下，正要說話，忽聽「嗖」的一聲，從大蜘蛛嘴下面的黑瘤子裡噴出一股細長的白絲，就跟一張印度飛餅似的，準確地擊在丘立三胸口上，力道相當大，丘立三被打得向後直飛出去，可還沒飛多遠，那股白絲就把丘立三凌空又拽了回來，丘立三大叫一聲，伸手抱住一棵樹，死也不放開，嘴裡喊著：「快救我，救我！」

姜虎急忙端槍瞄準白絲，憑著在軍隊裡練就的運動中射擊的功夫，噠噠噠！一個點射打斷了蛛絲，丘立三掉在地上，那蜘蛛又嗖嗖地吐出兩股白絲，分別黏住了丘立三的大腿和左胸，迅速往樹林外面拽，丘立三拔出腿上別著的匕首，咔咔地砍斷了蛛絲，連滾帶爬地往林子深處跑。

大蜘蛛又吐了一股絲，可正巧打在了樹上，丘立三已經跑出了二十幾米，饒是那蜘蛛再大，蛛絲也飛不了那麼遠。

丘立三一屁股坐在地上，喘著氣罵道：「我倒忘了，凡是蜘蛛都會吐絲，媽的！」

姜虎摘下沒了子彈的彈匣，說：「現在不是歇的時候，快跑到樹林深處去。」

丘立三滿不在乎地說：「這裡夠安全的了，牠又沒有翅膀，飛不進來。」剛說完，只見那大蜘蛛把兩隻較短的前爪抬起來，急速地把胸前的茸毛往外撲落，大量黑色的茸毛滿天飛舞、四處彌漫，一陣風吹過，黑茸毛轉眼之間就飛得到處都是。

## 第二十八章　巨型蜘蛛

田尋臉上變色，大叫：「快跑！這茸毛可能有毒！」丘立三從沒見過蜘蛛還有這手功夫，自然不敢再賴皮，連忙爬起來，兩人往樹林深處跑去。茸毛在風吹之下漸漸散盡。過了一會兒，可能是那蜘蛛也有點氣餒了，扭頭往草原處爬去。

丘立三高興地道：「太好了，這王八蛋走了！」

田尋卻冷冷地道：「先別高興，你再看看。」

丘立三一愣，只見那大蜘蛛在草原邊上用前爪在中爪上來回摩擦，發出一種「嚓嚓」的聲音，不大一會兒，從草原外面刷刷刷地竄出來一大批小蜘蛛，每個都有人腦袋大小，和先前爬上姜虎腳面的那隻蜘蛛一樣。這批蜘蛛足有百十來隻，牠們就像聽了將軍的指揮似的，紛紛地朝樹林這邊爬來。

依凡的臉都嚇白了，結結巴巴地說：「這……這可怎麼辦？」

田尋也沒了主意，他說：「這……我也不知道！」

說話間，小蜘蛛們已經衝進樹林，擠擠挨挨地向五人跑來，田尋厲聲道：「別讓小蜘蛛咬到，牠們體內也有毒素！」

一隻小蜘蛛已經追了上來，丘立三手中衝鋒槍噴火，幾發子彈就撂倒了這蜘蛛，可另幾隻也上來了，丘立三又幹翻幾隻蜘蛛，可更多的蜘蛛毫無懼色，前仆後繼地殺將上來，姜虎和邱立三兩人邊開槍邊後退，丘立三手中槍突然停火，他頭上冒汗：

「不好，沒子彈了！」

他用衝鋒槍的槍托對準一隻撲上來的小蜘蛛後背就砸，「噗嘰」一聲，砸得那小蜘蛛背脊破裂，內臟和血水流了一地，動動爪死了。田尋也用日本刀砍死好幾隻。

姜虎急得像熱鍋上的螞蟻，說：「我的槍也沒子彈了，咱們總不能光用槍托砸吧？」

丘立三拎著槍管，又橫拍死了一隻蜘蛛，說：「那你有什麼好辦法，趕緊說說看，光練嘴皮子有啥用？」

田尋擦了擦臉上的汗水，忽然看見有一棵松樹被太陽曬得冒了油，又被剛才衝鋒槍管噴出的火焰給燎著了，正劈裡啪啦地往上躥火苗，他眼前一亮，道：「這樹油能著火，咱們用火燒牠們！」

幾人一聽倒是個好辦法，可這小蜘蛛易趕，大蜘蛛就沒那麼容易給燒死，正想著，丘立三已經掰斷了一根只有小孩胳膊粗細的松樹，就著剛才那棵燒著了的樹引燃。他一邊繞著樹林跑動，一邊轉動樹幹，好讓它更快地燃燒。

乾松木最容易著火，一轉眼之前，手裡的松樹就燒成了一根一米多長的火把，火苗呼呼地躥著，丘立三這下可牛了，他揮動著火把，口中大叫著：「不怕死的就過來！看你三爺爺不烤熟了你們！」

## 第二十八章　巨型蜘蛛

地球上所有的動物，除了人之外，天性都懼怕火，這些蜘蛛也不例外，在丘立三手裡的大火把揮動範圍之內，小蜘蛛們紛紛四散避開。有幾隻跑得慢的，被火把的火苗掃中，立時被松油沾上，活活地被燒死了，散發出焦臭味，其他的小蜘蛛聞到同類被燒焦的氣味，都嚇得逃出了樹林。丘立三燒得性起，乾脆也引著了一些更粗的松樹，不多時，好幾棵松樹也都帶上了火苗，姜虎一看可嚇壞了，他大叫道：「不行，這樣也會把我們燒死的！快停手！」

丘立三一愣，說：「我們不會跑啊？」

姜虎氣急敗壞地說：「你燒糊塗了？跑出樹林不就被那大蜘蛛給追上？」

丘立三才緩過神來，連忙撲滅那些樹上的火苗。

田尋說：「小蜘蛛已經跑了，一時半會兒還不敢進來。可那大蜘蛛還在外面晃蕩，我有個好辦法能讓牠上西天！」

丘立三舉著大火把，問道：「什麼辦法？快說啊！」

田尋邊撲落著附近松樹上的火苗，邊說：「別著急，那大蜘蛛現在還進不來，咱們有的是時間。我的想法是：先在松林中央掰斷一些樹，造出一條五、六米寬的路來，然後再拐個直角彎，一直引向松林邊緣，然後打開缺口將大蜘蛛引進來，一直將牠引到路的盡頭，也就是松林的腹地。我們再從牠身後把掰斷的松樹點燃，堆在路上堵死，讓牠沒有退路，再把剩下的松樹全都燃著，往牠身上使勁招呼，前後左右都是大火，給牠來個紅燒大蜘蛛。你看怎麼樣？」

丘立三聽了，樂得一拍大腿，道：「太好了！真是個好主意啊，我怎麼就沒想到呢？」

姜虎譏笑道：「你就知道收錢搶人家東西，哪能想到這些？」

丘立三漲紅了臉，指著姜虎罵道：「你他媽……」剛要發火，又一想，待會還要和他們合力紅燒大蜘蛛，於是硬生生把罵人的話給吞吐回去了。

姜虎哈哈大笑道：「丘立三，別生氣，錢這東西買不來命，我相信現在你對錢應該是沒那麼大興趣了，咱們的當務之急是解決強敵，你說對不對？」

丘立三哼了一聲，說：「別說廢話了，快掰大樹吧！」

幾人選了一處地方，開始動手。幸好這個松林的樹木大多並未成年，多半只有腿肚子粗細，便是這樣，幾人掰起來也是十分費力。

小培縱身跳到一棵身上，抱著樹幹「嘿喲嘿喲」地用力，姜虎看得奇怪，說：「林小姐，照妳這樣的掰法，十年也弄不斷一棵樹，妳還是歇著吧，要是把妳累壞了，我們可擔待不起。」

小培氣急敗壞地跳下樹來，站在地上賭氣。

# 第二十八章　巨型蜘蛛

田尋手裡有那柄日本刀，砍樹就省了不少力氣，從太陽高照直幹到日頭快落山，終於開闢出了一條三十餘米長的折形道路，一直通到松林邊緣處，僅留了三棵呈「品」字形的松樹沒有掰斷，又攢了兩堆粗大的樹枝，一堆放在道路轉彎處，一堆放在道路盡頭。

田尋說：「好了，可以幹活了！咱們可只有一次機會，如果失敗了，大家只好一起去見馬克思了。」

大家摩拳擦掌，開始行動。丘立三雖然平日裡殺人不眨眼，可此時需要面對的是一隻巨型蜘蛛，卻也有點緊張，渾身不由自主地顫抖起來。

田尋找了根小樹枝，在地上畫了個簡圖，說道：「首先，得有一個人去引牠進來，但必須舉著火把，以免牠真追上，火把可以抵擋一陣子。當牠進到轉彎的地方，一定是很費力地才能拐進來，這時另一人就迅速將大量的松枝堆到轉彎處，封死牠的退路，然後第三個人在另一端點火，兩堆火前後夾擊，牠是說什麼也逃不出來了，不燒死也得重傷。」

# 第二十九章　鬼島餘生

丘立三一挑大拇指：「太絕了，那咱們就開始幹吧。你去引牠，我給你掩護。」

姜虎眉頭一挑：「我說丘立三，這話虧你說得出口，我們田兄弟出的好主意，你怎麼好意思讓他出頭？你來！」

丘立三撇著嘴說：「我丘立三向來是不做賠本買賣的，這法兒是他想出來的，當然也得他打頭陣，對不對？再說了，做掩護這活兒我是再拿手不過了，所以這活兒必須得他幹。」

姜虎氣得反而笑了：「丘立三，你真行，我是服了。由我來打頭陣總行吧？操你媽的！不過你可別忘了，大蜘蛛一過拐彎處，你必須馬上在牠的後路點起火堆，而且是越快越好，知道嗎？」

丘立三不以為然地點了點頭。

田尋說：「我負責在另一端點火。對了，咱們還得想辦法在海邊打些椰子下來，不然計策成功之後沒吃沒喝的，在海上也得餓死。」

丘立三讚嘆說：「哥們，你想得還真全面。」

# 第二十九章　鬼島餘生

依凡說：「我會爬樹，等大火起來之後，我就上樹去摘椰子！」

丘立三說：「妳這小娘們還挺厲害的，也當過兵？」

依凡說：「沒有，只是在日本學過幾年空手道而已。」

丘立三說：「怪不得身手這麼好！」

小培見眾人都有分工，連忙說：「那我幹什麼呀？」

田尋說：「妳跟在我身後就行了。」

研究妥當之後，大家準備分頭行動。姜虎舉著一支火把，來到道路盡頭處，這裡只有五、六棵松樹沒有被折斷。姜虎剛要動手折斷這裡的幾棵樹，好放大蜘蛛進來，沒想到那大蜘蛛遠遠地就跑了過來，刷刷吐了幾口白絲，然後就用力扯斷了一棵樹，接著又去折下一棵，姜虎心說你自己動手，我倒省力氣了！一會兒工夫，五、六棵松樹就被大蜘蛛都折光了，隨後牠移動長足，鑽了進來，姜虎連忙往松林深處跑，大蜘蛛在後緊跟不捨，不時吐出幾股蛛絲，好幾次都險些擊中姜虎。

這條道路剛好可容大蜘蛛行走，多一點地方都沒有。轉眼工夫就跑到了拐彎處，那大蜘蛛經過此地時的確很費力，因為這裡比其他地方要窄一些，大蜘蛛側起身體，斜著才從拐彎處經過，又繼續去追姜虎。

姜虎邊跑邊大叫道：「快點火，快點火！」丘立三不敢怠慢，見大蜘蛛剛過去，連忙將大量松樹枝堆在拐彎處，隨後又點著了火，剎那間，火焰騰空而起，連拐彎處的大樹也跟著燒了起來。

大蜘蛛感覺到身後有熱量，更加迅速地朝前爬去，姜虎跑到道路盡頭，一頭鑽進了松林裡。大蜘蛛進不去松林，急得在道路盡頭團團直轉，轉了一會兒又往回跑，田尋趁此機會，連忙在牠身後又升起大火。

大蜘蛛跑回拐彎處，一見大火沖天而起，又折回來，可田尋點燃的火堆順著風向直燒過來，大蜘蛛這下可慌了，牠像隻沒頭蒼蠅似地來回亂爬，可就是爬不出去，情急之下，牠將長足攀在松樹上，一點一點地想要爬到大樹頂端去，姜虎和丘立三又分別點著了大蜘蛛附近的松樹，此時，一陣大風吹過，火苗四處亂竄，轉眼之間，半個松林都陷入了火海。

丘立三站在松林裡，舉著火把跳著腳喊著：「哈哈，你個八爪怪物，今日看你三爺爺火燒連營！」大蜘蛛急得吱吱亂叫，一些小蜘蛛聞聲而來，在松林裡尋找大蜘蛛，可多半都被大火燒死、燒傷。

耳聽得海邊漲潮聲響起，一陣陣強勁的海風吹來，整個松樹林大火熊熊，映紅了半個島，松樹油燃燒的味道嗆得人直流眼淚。

姜虎大聲叫道：「快跑吧！要不連我們也燒死了！」

# 第二十九章　鬼島餘生

四人用衣服捂往口鼻，在大火中左突右拐終於衝出松林，沒命地往海邊逃去。這時依凡從樹上溜下來，樹下堆著幾十個大椰子。

松樹在大火燃燒之下，「劈劈啪啪」地折斷，大蜘蛛和牠無數蛛子蛛孫，都被淹沒在火海之中。

大家抱著椰子一路奔跑，路上看見無數奇異的昆蟲和節肢動物，都紛紛從草叢、灌木和樹林裡鑽出來，四散逃跑。

動物天性怕火，這島上多雨多霧，所以幾百年也沒著過大火，現在這些動物見火光沖天，還以為大難臨頭，於是都往海邊逃去，其中居然還有兩隻昨天那種巨型蜥蜴，可這蜥蜴看到幾人卻並不追趕，而是只顧著沒頭沒腦地亂跑，幾人開始還害怕，後來一見根本沒有動物在意他們，也就不管那麼多了，只管逃命。

終於跑到了海岸，那艘運屍船還半躺在海邊，在巨大的潮水衝擊之下，船身漸漸向海裡滑動，眼看著就要入水了。田尋大叫：「快上船，晚了就來不及了！」幾人手腳並用爬上了船。

眾多昆蟲和節肢動物也來到了海邊，無數巨蚊嗡嗡地在天上亂飛，足有上萬隻，幾千隻巨型蟾蜍在沙灘上費力地跳著，無數巨大的蜻蜓像直升機群似在空中盤旋，巨型蜈蚣、巨型蜥蜴、巨型蟑螂，還有幾隻兩米多長的蝗蟲都想往船上爬。田尋用手中日本刀左右揮砍，驅散了這些大個傢伙。

這時有隻大蝗蟲用兩條有力的大腿一撐，竟跳上甲板，高高躍起，居然還抱住依凡的後背，她嚇得雙手在身後亂抓想甩掉蝗蟲，可那蝗蟲抱得牢牢的，根本甩不開，田尋二話沒說手起刀落，砍掉巨蝗蟲半個身子。

潮水更加猛烈地湧了上來，終於將運屍船漂進了海中，漸漸遠離荒島，眾人站在船頭，看著島上熊熊的大火已經蔓延到了四周的草地上，映得半邊天通紅。越來越多的昆蟲逃到海邊，被無情的潮水吞沒。

五人終於脫離這可怕的荒島，都高聲歡呼起來，丘立三更是大叫：「該死的鬼島，老子逃出來了，你三爺爺贏啦，哈哈哈！」

潮水漸漸退了，船在海上順著海風，往西一直漂去。

從昨天清晨踏上這個恐怖的荒島算起，直到今天傍晚離開，在這兩天中，幾人的經歷可謂千奇百怪，九死一生，不管怎麼說，總算都活著逃了出來。

大家都躺在甲板上歇著，田尋擺弄著那把日本刀，姜虎則看著手裡的M9手槍。雖然已沒了子彈，卻也沒捨得丟掉，畢竟這槍是丁會用過的東西。一想起丁會，姜虎

# 第二十九章　鬼島餘生

心裡就陣陣發酸。

看著漸漸黑下來的天空，田尋說：「我們都要感謝珠海市殯儀館。」

小培奇怪地問：「為什麼呀？」

田尋說：「如果不是他們把這運屍船造得這麼堅固，沒有漏水的地方，我們就算是神仙也沒轍了！」大家聽了都拍手稱對。

丘立三問：「你叫什麼名字？」

姜虎說：「你問我？我姓姜名虎。」

丘立三說：「你的身手也不錯，當過幾年兵？」

姜虎說：「我不是和你說過嗎？八四年我在廣西邊防區當邊防兵，九五年退伍時是副連長，你好像也當過兵吧？」

丘立三說：「我八二年入伍在雲南馬關戍邊，九五年退伍時是連長。」

姜虎說：「那我是不是要叫你一聲首長？」

丘立三冷笑道：「你願意叫也行，反正我也確實比你級別高。對了，那老林頭花了多少錢讓你來找我？」

姜虎說：「這你就別管了，現在的問題是我已經對你抓你沒有任何興趣，我只想著能平安回到天津老家，賣掉我的那份珠寶，後半輩過安穩日子。」

丘立三說：「這還像句人話。」

姜虎從兜裡摸出在荒島取來的那尊翡翠小佛，來回把玩。

田尋要過佛像，看了看說：「這是正宗的緬甸翡翠，從質地、顏色、透明度和雕刻風格來看，首先可以肯定不是中國的東西，應該出自緬甸、老撾或印度等東南亞的佛教國家，再從成色判斷，至少有兩百年以上的歷史。要是在黑市出手，最低也能賣一百萬左右，如果在香港或美國的大型拍賣會上亮相，應該有兩百萬的價值。」

姜虎一聽，翻了個身說：「什麼？這麼值錢？」

丘立三哈哈大笑，說：「沒想到這麼值錢吧？比老林頭的懸賞還高呢！」

姜虎點點頭，心想：如果那藏寶洞裡的珠寶都帶出來，那得值多少錢啊！田尋把佛像還給姜虎，丘立三說：「你們四個都來抓我，現在只有他分了珠寶，可你們三個什麼都沒有，這樣吧，我把阿明的那份拿出點分給你們，你們也就別為難我了，怎麼樣？」

田尋說：「我要是想要珠寶，在小溪邊早就自己動手了，還用得著你給？你自己留著吧，我對那玩意兒沒興趣。」

丘立三非常意外，他說：「真不要？如果這世上還有不貪財的人，那你就是第一個了！」

# 第二十九章　鬼島餘生

依凡說：「還有我和小培，至少有三個呢！」

小培早就聽出了些內容，對丘立三說：「你這個醜八怪是不是搶我爸爸天馬的人？」

丘立三說：「哈哈，妳現在才知道啊？」

小培說：「你這個大壞蛋，快把東西還給我！」

這時田尋猛然想起，如果真的把丘立三放掉，那天馬的任務就失敗了，林教授也會怪罪下來，這可怎麼辦？

丘立三多狡猾，立刻就看出田尋心裡想的什麼，他說：「我告訴你們是誰讓我去林之揚家搶天馬的，這樣總行了吧？」

田尋卻說：「你先不用說，我們只是來找你，其他的事我們不想摻和。」

丘立三說：「那好，我告訴姜虎，然後大家各奔東西。」

姜虎擺擺手：「你最好不要告訴我任何事情，我現在只想安安心心地過一段清靜日子，對你們之間的這些恩怨情仇毫無興趣。」他抬頭看了看天色，呢喃道：「最好能刮南風，這樣才有機會回中國。」

丘立三說：「刮南風不好說，喝西北風是肯定了，他媽的，好幾天都沒吃上一頓飽飯了。」

轉眼到了晚上，海面刮起了西風，兩人將船艙裡的備用帆取出，支在船頂篷上扯滿，那帆在船裡浸滿了雨水，已然破得不行，但也總比沒有強，船吃足了風，向西直行而去。

次日上午，天空十分晴朗，大家各吃了半個椰子，閒極無事在甲板上看著無邊無際的海面發呆。

林小培躺在田尋腿上，看著湛藍的海面，說：「這兩天玩得真是太刺激了，回家我一定要和爸爸、二哥他們好好講講！免得他們老說我沒用。」

依凡坐在田尋身邊，笑著說：「咱們的小培這兩天表現得很不錯哦，稱得上女英雄了！」

小培側著頭問：「真的嗎，妳不騙我？」

依凡說：「當然是真的！」

小培哼了聲：「妳的話我才不信呢，我只信他的。」

依凡見她還和自己爭風吃醋，也就不多說了。忽然，她似乎聽到了什麼聲音，說道：「你們聽！」

丘立三問：「聽什麼？」

依凡說：「你聽，似乎有人在唱歌……」

# 第二十九章　鬼島餘生

丘立三哈哈大笑：「小漂亮妞，妳是不是幾天沒吃到大米飯餓糊塗了？這茫茫大海裡哪有人唱……」話到中途，猛地停住了，因為他也聽見了那歌聲，好像還是一個女人，歌聲若有若無，彷彿來自另一個世界。

姜虎側頭聽著，那聲音忽遠忽近，飄忽不定，雖然聽不清唱的是什麼，但歌聲空靈飄逸，嗚咽悲切，如訴如求，在這茫茫無際的大海之中，令人心中滋生出一種說不出來的感受。

五人聽著這神祕的歌聲，剎那間，種種心酸往事一齊湧上心頭。

姜虎頓時想起了在珠海拱北開槍救丁會，想起了丁會被冷血怪物殺死，屍骨無存；想起了在廣西當兵時戰友排雷被炸成幾截；想起了參軍時，老娘一直送出十幾里路，偷偷地抹淚；甚至想起了小時候家裡窮沒飯吃，去撿鄰居小孩掉在地上的饅頭渣……

他越想越心酸，越想越難過，不由得眼淚湧出，忽然間眼前一花，見丘立三站了起來，眼睛直勾勾地看著前面的大海，慢慢朝運屍船欄杆徑直走去，來到欄杆處，丘立三右腿一抬，蹬在欄杆上就要往海裡跳。

姜虎心中一驚，登時清醒了一大半，他一骨碌爬起來，衝上去一把將丘立三從欄杆拽了下來，這一拉力量非常大，兩個人都一屁股摔在了甲板上。丘立三緊閉兩眼用力搖了搖頭，見姜虎正死死拉著他衣角，不解地問：「你幹什麼拉我？」

姜虎擦了擦臉上的淚水，說：「我看你要跳海才拉你的！」

丘立三聽了哈哈大笑，好像聽到了最可笑的笑話：「哥們，你是不是腦子進水了？我還沒活夠呢！為啥要跳海？你到底有什麼企圖？想幹什麼？」

姜虎哭笑不得，說：「我說丘立三，你怎麼狗咬呂洞賓，不識好人心呢？剛才我明明看見你跨過欄杆就要往下跳，要不是我拉著你，你他媽早掉進海裡了！」

# 第三十章　海妖的歌聲

丘立三將信將疑，看著姜虎：「是嗎？真的假的？那我可真是吃多了撐的，閒著沒事吧……」

剛說到這兒，遠處又飄來若有若無的歌聲，這回聲音更加清楚了，丘立三聽了，大吃一驚：「這……這不是……」

因為他清清楚楚地聽到了一個聲音，那就是與他同村長大、青梅竹馬的鄰家女孩阿珍的歌聲。阿珍與他一直暗暗相戀，丘立三參軍之後，她被迫嫁給同村一個富農的傻兒子，後來被那家人百般虐待，最終投河自盡。在他參軍之前，兩人常常於傍晚村頭的河邊約會，阿珍就給他唱媽媽教的山歌聽，據說阿珍投河的時候也是在唱著山歌，這件事給丘立三留下了永遠也忘不掉的痛苦回憶，以致於在夢裡也經常會夢到阿珍一邊唱歌，一邊跳河的樣子。

歌聲遠遠傳來，丘立三眼前一花，忽然看見阿珍就站在面前不遠處的一個小島上，正微笑著向他招手，她臉上的酒窩，羞澀的笑靨，醉人的眼睛……

丘立三站起來，高興地說：「阿珍！妳怎麼在這裡？」說完，就滿懷喜悅地迎了上去……

姜虎坐在甲板上也呆了，他耳中聽到的聲音，卻是小時媽媽經常哄他睡覺時哼的曲子：「搖啊搖，搖啊搖，搖到外婆橋，外婆說我好寶寶……」

那是一個風雨交加的夜晚，只有五歲大的姜虎躺在炕上，媽媽坐在他身邊，一邊輕輕地拍著他，哼著搖籃曲，臉上卻滿是淚水，門外一群人持著火把，正在大喊大叫：「快出來，還磨蹭什麼？快出來……」

媽媽一面流著淚，一面說：「媽媽的好兒子，乖兒子……他們都說媽媽天生就是剋夫的命，一連剋死了三個男人，要把媽媽浸到籠子裡淹死……小虎啊，媽真捨不得你……我死了，你自己該多可憐啊……媽媽的好兒子，你平時最怕打雷，快睡覺吧，睡著了，就什麼也不怕了……」不懂事的姜虎睜大了驚恐的眼睛，不知道發生了什麼事情，也不知過了多久，在又怕又睏之中，迷迷糊糊睡著了……

姜虎淚流滿面，口中喃喃地說：「娘啊，娘，妳在哪兒呢？我來了，我來找妳……」說完，他慢慢爬起來，朝海面上走去……

歌聲還在持續著，像一塊無形磁石，將兩人向茫茫的海面上吸引過去。

田尋耳力沒有他們好，見丘立三和姜虎異樣，連忙捂住耳朵，卻見丘立三已經跳進海裡，而姜虎和依凡也都像中了邪似的，慢慢朝海裡走去，他大驚，連忙站起來猛

## 第三十章　海妖的歌聲

推依凡。

依凡猛然間好像從另一個時空旅行回來，見自己正踩在船的欄杆上要往海裡跳，海中一個人影慢慢地沉下去，正是丘立三。

田尋又推醒姜虎。姜虎知道這歌聲中定然有極其古怪的力量，他連忙從袖子上撕下兩塊布揉成布團牢牢塞住耳朵，一縱身跳下海中。

丘立三掉進了海裡也不掙扎，好像給人點了穴似的，大張著雙臂往海裡沉，幸好姜虎水性不錯，他右手一伸，摟過丘立三的後背，左手奮力抓住欄杆，將丘立三的腦袋提出水面，一面大喊道：「丘立三！醒醒，快醒醒！」

丘立三上半身浮出海面，在姜虎的呼喚之下，多少也有點清醒了，也抓住了欄杆，姜虎先翻身上了船，再用力把丘立三拉了上來。丘立三渾身是水的坐在甲板上，還呆呆地望著海面遠處，似乎留戀不已。姜虎怕他再被迷惑，又撕下兩塊衣料堵住他的耳朵。田尋也堵住了小培的耳朵。

丘立三伸手想把耳朵裡的布團拿下來，姜虎「啪」地打在他手背後，丘立三一愣，姜虎說：「不能摘，那歌聲裡有鬼，不能聽！」丘立三聽不見他在說什麼，光看見姜虎的嘴動，一臉困惑不解，姜虎指了指自己和他的耳朵，又指了指海面，手掌在自己脖子裡一劃，做了個送命的手勢。這下丘立三徹底明白了，他看了看海面，顯得十分害怕。幾人進了船艙關上艙門。這艙門在前幾天的大暴雨襲擊之下已經有些變形，但多少也能起點隔音作用，大家慢慢摘下耳朵裡的布團，仔細地聽著外面的聲音，確信沒有了歌聲入耳，這才放下心來。

丘立三驚魂未定，說：「他媽的，這是什麼古怪？居然能勾人的命！」

田尋驚魂未定，說：「以前只是在海員的傳說中聽說海上有過會用歌聲引誘船員的水鬼，難道在南海也有？」

丘立三罵道：「我操他媽的，怎麼啥事都讓我丘立三趕上了呢？要是能回到大陸，我他媽下輩子再也不坐船了！」

依凡聽了聽艙外的海風，說：「現在好像變成北風了，出於安全起見，我們暫時還是別出船艙，等過了今天，離開這片海域再說。」

丘立三道：「那還用妳說？妳現在就是用槍頂著我的腦袋我也不出去！再出去小命就沒了。」

姜虎坐在艙裡，將身子靠在艙板上，心裡暗想：「這歌聲究竟是什麼東西發出來的？竟然能直達內心深處，讓人想起最隱祕的東西……」

## 第三十章　海妖的歌聲

夜色漸漸襲來，海上呼呼地刮起了強風，船在搖晃中又過了一晚。醒來一看，又是次日早晨，海上風平浪靜，船也只能慢慢地在海面上漂行。大家出了船艙，刺目的陽光照得睜不開眼睛。丘立三說：「他媽的，老在這海上沒完沒了地漂著也不是回事啊，什麼時候能看到大陸？總不成這輩子都在海上過了！」

田尋伸了個懶腰，邊打哈欠邊說：「急是沒有用的，幸好現在咱們已經往北走了很遠，只要風向不變，總有一天能回到大陸。」

丘立三拿過一個椰子，用力砸開吃了起來，姜虎說：「省著點吃吧！咱們現在不但沒吃的，連淡水也沒有，你吃光了漿果，就什麼都沒有了。」

丘立三說：「媽的，那現在也不能餓著？船到橋頭自然直，吃完了這頓再想下頓。」姜虎無奈地搖了搖頭。

丘立三邊吃邊說：「就算我回到大陸，一上岸就被員警給逮住關進去，那我寧可在這船上漂。」丘立三吃完椰子，把椰殼遠遠拋向海面。田尋說：「那你有什麼打算嗎？」

姜虎說：「除非你不讓員警抓到，神不知鬼不覺地回去，從此藏在深山老林裡生活，一直到死。」

丘立三猛地站起來，急了：「他媽的，憑什麼？那都是姓尤的出的主意，我只是拿人錢財為人辦事而已，他抓我有啥用？」

姜虎慢悠悠地說：「拿賊拿贓，捉姦捉雙，光懷疑是沒有用的，必須有你這個證人在，他才好向你的雇主要東西。知道嗎？」

丘立三搖搖頭，說：「我他媽現在終於體會到什麼叫做進退兩難了，我這純粹是豬八戒照鏡子——裡外不是人，擱那邊都討不到好果子吃。」

正說著，忽然依凡大叫：「魚，海裡有魚！」

姜虎樂了，說：「海裡要是沒有魚可就怪了，我說你覺得這事稀奇嗎？」

丘立三說：「你懂個屁？快看海面！」

姜虎也爬起來，朝他手指的方向望去，一看之下，頓時驚呆了。只見船頭的海面上不停地躍起許多魚來，此起彼伏，頗為壯觀，魚身呈乳白色，這在海魚裡倒很少見。

田尋興奮地說：「太好了，我都好多天沒吃過飽飯，這回有魚肉吃了！」小培也高興地歡呼起來。

田尋說：「快找個東西網些上來！」

丘立三說：「這不是漁船，是他媽的運屍船，哪來的漁網？」

等船漂過這片魚群時，有些魚幾乎都要跳到甲板上去了，好像有一隻大手在海底

# 第三十章　海妖的歌聲

攪動。

田尋和丘立三、姜虎站在甲板邊上，把衣服脫下來當成網，不多時竟然網了幾十條，丘立三樂得大叫：「親愛的魚們，快來吧，我都想死你們了！」

丘立三迫不及待地伸手抓起一隻魚，恨不得當時就生吃了。田尋也拿起一條魚仔細看著，魚身呈紡錘形，全身奶白色，奇怪的是魚眼睛是淡藍色的，而且似乎還罩著一層幽光，很是奇特。

田尋看著丘立三拿著魚四處去找能穿魚的鐵棍，又看了看自己手裡的這條活蹦亂跳的魚，心想似乎在什麼地方聽說過這種魚，可一時還想不起來。過不多時丘立三回來了，手裡不知從哪兒弄了幾根細長鐵棍，姜虎疑惑地說：「你從哪兒找來的細鐵棍？」

丘立三得意地說：「在駕駛室裡！我把船上的引擎拆了！還有儀錶盤上的玻璃罩子，可以用來當凸透鏡生火用！」

姜虎哭笑不得：「你野外生存的能力還挺強。」

丘立三說：「十多年的兵不能白當吧！只是沒有燃料，燒什麼呢？」

正在這時，丘立三指著遠方，說：「你看，那是什麼東西？」大家抬頭望去，迎著刺眼的陽光，隱隱約約看見在西北面的海平線上，有一個很小很小的黑色影子，看上去就像是一隻鯨魚的後背。

「看上去不像是島，倒像是一條什麼大魚似的怪物。」丘立三手搭涼棚說道。

姜虎一聽他提起「怪物」二字，立馬想起了那天晚上在南海面上遇到的八爪巨怪，不由得打了個哆嗦，連忙說：「那咱們趕快把帆轉過來，繞著走吧！」

丘立三不幹了：「幹嘛繞著走？萬一是個小島呢？有島就有樹，有樹就有燒的，你不想吃烤魚肉嗎？」

姜虎說：「我想吃烤魚肉，但我也不想遇到什麼怪物。你知道前些天另一艘價值一百五十萬的貨船是怎麼壞的嗎？就是被一個你做夢都沒見過的巨大怪物給毀掉的。」

「是嗎？那你可太幸運了，能看見那麼稀有的動物。」丘立三壞笑道。

姜虎也跟著笑了幾聲，心裡卻暗說，要是你真遇上可能早就嚇尿褲子了。

海面上依然刮著北風，船也一直朝那個黑影的方向駛去，姜虎說繞到側面再說，可丘立三卻不肯，說怕到了側面船沒有動力，繞不回來。姜虎堅持要繞，丘立三開始有些不耐煩，臉上罩了一層殺氣：「你他媽的是故意和我對著幹是不是？我今天就非

## 第三十章　海妖的歌聲

要從正面過不可，你想怎麼地？」

姜虎冷笑幾聲，說：「丘立三，現在這種情況，可以說咱倆誰也不欠誰的，玩槍我不怕你，玩橫的我也一樣沒怕過誰。你要是想死，自己去送命，我可沒心情陪著你。不過你要是想動手，我倒也可以奉陪，和你切磋一下。」

丘立三微眯右眼看著姜虎，手臂上的肌肉繃了起來，臉上卻還帶著笑：「哥們，你三爺我打架是內行，死在我手下的人也不知道多少個了，我還真當你是個漢子，不想宰了你。」

姜虎哈哈大笑：「別吹了，你以為我是吃素的？我可不是嚇大的……」說還沒說完，丘立三冷不防飛起右腿猛然踢向姜虎左小腹。

丘立三心想：這幾個人除了姜虎之外，餘下的三人都不足為敵，所以他想先把姜虎制伏，就可以為所欲為了。

姜虎還真沒想到他說動手就動手，兩人離得太近，躲是肯定來不及，多年在軍隊接受的格鬥訓練令他迅速做出反應，抬起左手臂外側擋在小腹前面，丘立三這一腳正踢在姜虎左手腕關節的突起骨上，險些沒把他的腕骨給踢斷了，姜虎疼得一吸冷氣，不等丘立三右腿撤回去，便也飛右腿猛踢他的膝蓋處。丘立三也沒想到姜虎的反應如此迅速，右腿已經來不及撤回，他情急之下順勢向上高抬起右腿，等姜虎右腳一下踢空，閃電般地伸出雙手抓住他的腿腕，順著姜虎踢腿的方向猛地往前一帶，想把他直接從甲板上扔下海去。

這一招借力打力的招數用得十分凶狠，姜虎見自己的右腿腕被他牢牢抓住，身體頓時失去平衡，猛向左側飛去，危急之中他大喝一聲伸出右手，一把死捏住丘立三的脖子不放，同時大拇指和食指用力扣緊丘立三的脖筋。這一招在擒拿術中被稱做「單手側夾頸閉氣」，可以瞬間使敵人氣管閉塞而窒息，如果手上力量足夠大的話，還能捏斷對方喉管，使人吸入的空氣進不到胸肺而死。

丘立三一被姜虎捏住脖子，立時知道他用的是擒拿術中的殺招，自己要是不想辦法解脫，還沒把姜虎扔到海中，恐怕咽喉軟骨就先碎了，他不敢猶豫，鬆開左手往外用力推擋姜虎的右臂。

就是這麼一分神的工夫，姜虎左腿在地上一蹬，騰空而起，扭轉身體來了一個回旋側踢，左腿狠狠踢向丘立三的左臉。丘立三猝不及防，剛好左手臂抬起擋住了臉，姜虎一腳正踢在他左手掌上，接著又連帶踢中左臉。丘立三頓時覺得眼前金星飛舞，差點沒昏過去。

可丘立三畢竟也當過十幾年的兵，退伍之後又在黑道上廝混，大小仗也打過無數了，什麼場面沒經過？他雙眼被姜虎踢得一時睜不開，可右手還死死地抓著姜虎的右

## 第三十章　海妖的歌聲

腳脖子，他左掌掌緣如刀，用力朝姜虎腳脖子處砍去，這一下力量用得恰到好處，姜虎整個右腿從腳心一直疼到了胯骨，半身酸軟無力，還在半空中的身體「啪」的一聲，像貼大餅子一樣結結實實平拍下來，下巴正好撞在堅硬如鐵的船甲板上，差點硌碎了下巴骨。

丘立三見一擊得手，殺心頓起，心念甫動，猛地撲倒在姜虎後背，右腿膝蓋頂在姜虎脊背中心第十一、十二節椎骨處，這地方俗稱「腰眼」，也是地球上一切脊椎動物的死穴，不管你是再凶狠的老虎也好，獅子也罷，只要這個地方被用力頂住，力量再大也使不出來。

姜虎還沒等翻身，就覺得腰上根本使不出半點勁來，力從腰生，腰上一沒了勁，全身就像得了癱瘓。丘立三左手按住姜虎左臂，右手向前一探，死命掐住姜虎的後脖子，想要捏斷他的兩側脖筋。這一系列動作是正宗的擒敵姿勢，要是丘立三當年參軍的教官在場的話，肯定會給他打滿分。

這時，依凡在旁邊飛起左腿踢向丘立三軟肋，丘立三根本就沒把她放在眼裡，心想我二十幾年前練功的時候，妳這個小丫頭還吃奶呢！他右指捏著姜虎的脖子，左臂反手去抓依凡的腿踝，沒想到依凡這是虛招，她小腿縮回，忽然變向踢他左耳根，丘立三一驚，趕忙抬手擋，可依凡這腿又是假的，她擰腰騰空，右腿狠狠踢在丘立三後心，丘立三疼得脊椎都快斷了，不由得大叫一聲身體歪倒。姜虎順勢滾到一邊，丘立三罵道：「臭丫頭我先整死妳！」

丘立三撲到依凡身旁就是一拳，依凡側身躲過，抬手抓他手腕，丘立三心裡一驚：這娘們怎麼也會軍隊裡的擒敵拳？再抬腿踢向依凡肚子，卻見姜虎斜刺裡撲出，將丘立三這一腿踹開。

兩人合力攻擊，丘立三頓時覺得左支右絀，不多時肋下又挨了依凡一腳，他疼著直吸氣，後腰又被姜虎右拳擊中，丘立三再也支持不住，腿一軟跪在地上。姜虎照丘立三面門又是一腳，把丘立三踢得鼻血長流、鼻骨折斷，又補上幾腳，把他踢暈過去。

肆

# 第三十一章　藍眼睛魚

田尋和小培在旁邊看得膽戰心驚，見丘立三被打倒，才把心放了下來，連忙從船頭機械艙附近拉過僅有的一小截纜繩，把粗如小臂的繩子分成幾股接在一塊，變成了一根長長的細繩，約有兩條手指般粗細。姜虎拎起像死魚似的丘立三，反剪雙手繫了個豬蹄扣，這種捆法乃是東北農村殺豬之前捆豬的土方法，特點是你越掙扎，那繩就勒得越緊。

綁完了丘立三，姜虎對依凡感激地說：「依凡，太謝謝妳了，要不是妳幫忙，我就沒命了！」

依凡笑著說：「沒什麼，我們有四個人，哪能讓他打敗呢？那也太丟人了。」

田尋向她豎起大拇指說：「咱們的大美女真是女中豪傑呀！」依凡向他甜甜一笑。小培在旁邊看得醋罈子打翻，哼了一聲轉過頭去。

這時，大家忽然感覺船頭有一片陰影掠過，抬頭一看，只見一個小島豁然出現在眼前，船筆直地朝小島衝去，馬上就要衝上沙灘了。原來在剛才搏鬥之時，運屍船在北風吹送之下不知不覺中已經走了幾海浬，竟然到了這小島的近前，不過運氣還不錯，這是個實實在在的小島，而不是姜虎懷疑的怪魚。但這個島也太小了點，大概也就兩、三個足球場那麼大，一眼望去，島上除了稀稀落落幾片樹林之外，大部分都是沙灘，倒也不用怕會有什麼動物出現。

田尋連忙跑到船艙邊順梯子爬到船頂，把船帆轉了四十五度角，船在側風吹送之下立時偏了方向，擦著岸邊而去，姜虎將釘在甲板上的最後一截纜繩抄在手裡，在船經過沙灘，快速離島而去之時，他猛地從船上跳到沙灘之上，將纜繩在離船最近的一棵大樹上繞了幾圈，這時只聽「砰」的一聲，纜繩猛地繃緊，船向前行進的力量將纜繩拉得筆直，巨大的力量將這棵比電線杆子都粗的大樹拉得嘎嘎作響。

田尋大聲叫道：「多纏幾圈！」姜虎連忙又纏了數圈，最後緊緊地在樹上繫了幾個死結。船無法前行，在海面上左右亂晃打起橫來。田尋怕船拉斷纜繩，又用最快的速度把帆撤下，這才徹底緩解了險情。

船安全靠岸了，姜虎拉起丘立三將他背下船，找了個背風的樹蔭放下，丘立三迷糊迷糊地睜開眼睛，說：「你他媽的怎麼不宰了老子？老子什麼都怕，就是不怕死……」說完又閉上了，顯然十分虛弱。姜虎翻過丘立三的身子，在旁邊沙坑裡用手舀了些水，在海上的島中，沙坑裡滲出來的水大多是海水流經小島之後，在島基的沙土中反覆流動、沉澱過濾之後的淡水，人可以直接飲用，雖然味道還是有點怪，但比

# 第三十一章　藍眼睛魚

起海水來可好喝得多了。

先洗淨丘立三臉上的傷口，丘立三疼得肌肉抽搐，卻沒喊半聲疼，倒也夠強硬的。

小培見他受了傷，不禁問田尋：「他會死嗎？」

田尋說：「沒事，這傢伙身體強壯，死不了的。」依凡在船上找到丘立三從儀錶盤上摘下的那片透鏡玻璃，挑了一棵被太陽曬得冒油的枯樹，掰下幾小截樹枝，用透鏡聚光點燃，生了一堆火。

田尋在船上取出一些活魚，用幾根從船發動機引擎上拆下來的細鐵棍穿起，再掰幾根樹枝支成一個烤架，將魚串架在烤架上，又在下面挖了個沙坑堆些樹枝，生著火烤起魚來。

這種魚在海水中長大，倒也省了放鹽，在火苗之下慢慢翻動，不多時就都烤熟了，肉香味四處飄逸，引得幾人都大流口水，小培更是圍在田尋身邊，不停地問：「什麼時候熟啊？我都快把舌頭吞下肚去啦！」

田尋笑著說：「再等一會兒，就妳著急，小饞貓！」

姜虎說：「這烤魚的味道怎麼這麼香？吃起來不知道是啥味。」

依凡也說：「是啊，太期待了！」

丘立三靠在樹上半睡半醒，一聞到魚肉香味，登時像打了嗎啡似地來了精神，他睜開眼睛，狂吞口水地死盯著田尋手上不斷轉動的烤魚，像上了毒癮的吸毒者看到面前有一大包白粉一樣，說：「太香了！快給我吃點吧！」

田尋邊烤著魚，邊哼歌，根本沒理他。丘立三厚著臉皮說道：「這香味簡直比我在新疆吃烤羊腿的味都香！就是不知道吃到嘴裡是啥味兒。」四人裝聾作啞，分別撕下一片烤熟的魚肉大吃起來。

田尋細細地嚼著，這魚肉鮮香異常，好像用各種作料醃過了似的，十分美味。大家多日沒吃到飽飯，現在也不再猶豫，大快朵頤起來，吃得是狼吞虎嚥、嘖嘖有聲。

這下可苦了丘立三，他口水直流，哀求道：「你們就當可憐可憐我，賞我一塊肉嚐嚐吧！我都十多年沒吃肉了！求求你們了！」

姜虎哈哈大笑，說：「丘立三，今天我就不給你吃，看你能不能活活饞死？」

小培說：「你看他挺可憐的，還是給他一條吃吧！」

姜虎說：「你看還是咱們的林大小姐心眼好，行，就分給你一串吧！」說完把兩條烤熟的魚插在沙灘上。

丘立三撅著屁股趴著，側著腦袋貪婪地吃著鐵棍上串的魚，蹭得臉上焦黑一片，姿勢滑稽之極，一轉眼兩串魚就吃沒了，丘立三又連吃了幾串，然後趴著在沙坑裡咕

## 第三十一章　藍眼睛魚

嚕咕嚕喝了通水，臉上活像個大花貓。他躺在沙地上，一連打了幾個飽嗝，表情十分滿足，逗得幾人哈哈大笑。

田尋見到他這副模樣，忽然心想：人活在世上冒著生命的危險去奪財搶寶，說到底還不是為了能活得舒服一點？而丘立三現在吃飽喝足後心滿意足的樣子，不正是人生最快樂的時候？而這種快樂來得十分簡單，卻有很多人意識不到。

他吃著烤魚，看著燦爛的陽光照在海灘上，陣陣海風吹來，還真有點世外桃源的感覺，偶爾還能吃到母魚肚內的魚子，這魚子比魚肉更加美味，簡直無法用語言來形容其鮮美。這時，田尋心裡卻隱隱約約好像想起了什麼似的，忽然他腦中一轉，想到了那天晚上在幽靈貨船上曾經翻看過船主的航海日誌，上面寫到船主在遇到迷霧的時候，吃過一種通體乳白色、藍眼睛的魚，也說那魚肉很香，尤其是魚子……

航海日誌寫到那裡就沒有了，為什麼不寫了呢？是船主撐死了？不太可能，撐死了也應該有屍體；跳海自殺了？更不可能了。人處在危急時候求生欲望是最強烈的，沒有了食物的情況之下，寧可喝自己的尿液也會活下去，又一想，那船主會不會是聽到了昨日自己在海上碰到的幽靈歌聲投海了？這倒極有可能。

田尋抬頭看了看躺在沙灘上的丘立三，這傢伙反捆雙手側躺在沙灘上，水足飯飽，已經在打著呼嚕，睡得跟死豬差不多。田尋心想：要毒死也是丘立三先死，這傢伙吃了五、六串烤魚，我才吃了三串。再說要是沒有這魚肉吃，在這海面上無依無靠的早晚也是餓死，聽天由命吧！

小培在沙灘上四處溜達，越走越遠。忽然，在前面遠處有一個巨大的黑影，似乎是一條破舊的船，小培非常好奇，不由得向那艘船走去。等來到船附近，見這艘船相當大，船身的鐵板已經腐蝕得破爛不堪，船高近兩米多，小培繞著船走了一圈，見船的側身有一架鐵梯子，不時有幾隻小海蟹從船底跑回海中。

小培生在有錢人家，原本膽子非常小，可她這些天在海島上遇到太多奇怪經歷，這些經歷使得她堅強了許多，遇事也不那麼害怕了，於是被強烈的好奇心驅使，大著膽子爬上去。

費力地爬進船裡一看，船上有很多封閉的船艙，甲板上又濕又滑，滿是各種水草和苔蘚，她深一腳淺一腳地走到船艙門前，門上有個圓形的玻璃窗，已經髒得發黑，她用袖子擦了擦玻璃，壯著膽子向裡看，還是什麼也看不到。忽然，她發現船艙側舷的甲板上露出一截灰白色的東西，當她走過拐角時，赫然看到一堆死人枯骨散落在甲板上。嚇得她尖聲大叫，慌忙往回跑，慌亂中還摔了個跤，弄得渾身污泥。

田尋他們此時都靠著樹幹休息，忽然聽見島對面隱約傳來小培的叫聲，姜虎忙問：「是不是林小姐在喊叫？」三人連忙起身向聲音處跑去。

## 第三十一章　藍眼睛魚

來到大船處時，小培剛從船梯爬下來，她驚恐地抓著田尋的手說：「船上面有……有死人，嚇死我了！」

田尋和姜虎對視一眼，兩人共同爬上船梯來到甲板上，左右搜索了一圈，沒發現有什麼活物。

田尋在甲板上招呼依凡和小培上來，姜虎說：「這船停在這裡至少也有五、六十年了，可能是什麼貨輪擱了淺，又找不到食物，船員都餓死了。」

依凡說：「海島上會找不到食物嗎？海裡魚蝦有的是，沙坑裡還有淡水，怎麼也不致於餓死吧？」

田尋說：「到船艙裡找找吧！」兩人合力打開船艙鏽死的大門，裡面已經被灌進的雨水泡得腐敗發黴，味道十分難聞。

船艙裡分內外好幾層，桌椅也都腐爛塌散，基本看不出當時的格局。牆上掛著一個鐵製玻璃相框，可裡面的紙也早已爛沒。姜虎說：「難道就找不到任何這船的信息？」

忽然依凡說：「你們看，這有頂鋼盔！」她從泥中撈起一個鋼盔，姜虎看了說：「這鋼盔的樣式怎麼像德軍的呢？你們看，這鋼盔的後沿很寬，是為了在戰場上保護後頸不被子彈打中，全世界的鋼盔中只有德軍的才是這種樣子。」

田尋說：「德軍的鋼盔？難道這船是德國人的軍艦？」

依凡也說：「德國人的船怎麼會在亞洲的海上？」大家又找了幾圈，在角落中又發現兩把槍，仔細分辨了下，居然是二戰時期德國配發最多的MP40式衝鋒槍。隨後，田尋又在船艙壁板上看到依稀印著一行巨大的字母：TIRPITZ。

姜虎說：「這字母可能就是這艘船的名字吧？」

田尋對依凡說：「妳懂英文嗎？這字母是什麼意思？」

依凡搖搖頭：「這不是英文單詞，可能是法文或西班牙文吧？」

田尋嘴裡拼著單詞：「TIRPITZ、TIRPITZ……」忽然，他想起在南海荒島上的日軍基地中發現的那份日軍文件裡似乎提到過什麼，他連忙問依凡：「妳還記得在那日軍基地裡，妳翻譯的那份日軍文件裡有個『什麼號至基地』的內容嗎？」

依凡側著頭回憶了一會兒，說：「記不太清了，好像是『提爾斯號』吧……」

田尋一拍大腿說：「提爾皮斯號！」

依凡也說：「對，就是提爾皮斯號，你的記憶力不錯嘛！」

田尋說：「那這串單詞會不會就是那個『提爾皮斯號』呢？」依凡和姜虎唸了幾遍，都覺得十分吻合，田尋說：「如果真讓我們猜中的話，那這艘船就是日軍文件裡說的了，可這德軍戰船為什麼要到日軍的基地去，要運輸什麼？」

# 第三十一章　藍眼睛魚

小培在旁邊跟著看熱鬧，時間長了覺得索然無味，她打了個哈欠說：「這裡一點也不好玩，我們還是回去吧，要不那個壞蛋就要跑掉了！」這句話猛然提醒了三人，大家連忙用最快的速度下得船來，跑回原處。

遠遠看見丘立三不知什麼時候跑到了運屍船邊，正靠在船舷上摩擦捆他的纜繩，見四人跑回來，他磨得更起勁了，姜虎和依凡跑上去一把將他揪起來，見捆著他手臂的纜繩已經磨得快斷了，兩人連忙又找來纜繩，牢牢把他捆在樹上。

經這麼一通折騰，大家都有點睏了，不覺靠在樹上打盹。

姜虎靠在一棵棕櫚樹上，把懷裡的那些珠寶都拿出來擺在地上，慢慢欣賞。其中那尊翡翠佛像翠綠欲滴、通體晶瑩，佛像雙目微閉、面容慈祥，好一個渡世救人的西方世界佛。姜虎平時不信鬼，也不信神，但自從這幾日經過了無數驚險離奇的遭遇之後，在這荒無人煙的海島之中也不免擔憂起自己的生死，何況現在很有生還的希望，求生的欲望就更加強烈。

想到這裡，他將佛像緊握在手，閉了眼睛對著它恭恭敬敬地拜了幾拜，心中默默禱念佛像能保佑他逃出天生，平安回家。他虔誠地禱告，迷糊之中，也覺得有些疲倦，將佛像捏在手中，不覺睡著了。

也不知過了多久，忽聽「噗稜」聲響，姜虎和依凡同時醒來，卻見天色已然是傍晚時分，西面天空雲霞似火，島上的棕櫚樹全被染上了一層金色的色澤，在火燒雲映襯之下十分好看。再看丘立三直挺挺地坐在沙灘上，圓睜兩眼，好像一個剛剛被上司從睡夢中叫醒的士兵，還沒完全清醒。

姜虎揉了揉眼睛，把佛像收進褲袋，罵道：「狗日的，你幹什麼？撒癔症呢？嚇了我一跳。」

丘立三也不回答，費力地爬起身，看著遠方的海面說：「船，船接我來了！」

姜虎嚇了一跳：丘立三的同黨來了？忙順著他目光處看去，海面上一條筆直的海平線，別說船，連隻臭蟲也沒有。姜虎站起來，說：「我說丘三爺，你想你的『尤哥』想瘋了是不是？他就是想救你，恐怕也找不到這裡，你就死了這份心吧！」

丘立三根本不看姜虎一眼，慢慢向海邊走去，邊走邊喃喃地道：「來了，你們真的來了！快來救我！」說完，他居然跑向海邊，邊跑邊大聲喊著：「噢，噢！我在這兒！快來救我！快來救我！」

姜虎嚇了一跳，心想：這傢伙是不是在裝神弄鬼吧？可他身上有傷，還捆著雙手，能耍出什麼鬼把戲？大不了我不去理他，看他能整出什麼花樣來。於是姜虎也不阻攔，雙手叉腰看著丘立三。

# 第三十一章　藍眼睛魚

依凡說：「他怎麼了？搞什麼鬼？」

姜虎說：「不用管他，讓他自己折騰去吧！」

只見丘立三跑到海邊，漲潮的海水一層又一層地湧上沙灘，一直沒到了丘立三的膝蓋處，丘立三腳下卻絲毫不停，滿臉喜悅之色，興奮地喘著氣，一直盯著海面看，彷彿真有條船正駛過來似的。

姜虎笑了，這傢伙的演技倒還不錯，只可惜在我這兒派不上用場，你就是學出恐龍叫，也是俏媚眼拋給瞎子看——白搭。

這時，只見丘立三又喊道：「快下來，快給我鬆綁！」

然後又回頭衝著姜虎，恨恨地說道：「你們怎麼才來救我？就是這傢伙把我給綁起來的，他還要把我抓到林教授那去邀功請賞呢！對，就是他！」

姜虎怪異地看著丘立三，不知道他到底在幹什麼。只見丘立三又說：「你說什麼？尤大哥……也來了？他……他不是想殺我嗎？怎麼……」然後又看著另一方向，驚奇地說：「尤大哥，你真來了？」說完側著頭，好似在仔細地聽著什麼，然後又說：「原來是這樣！看來是我錯怪尤哥了！尤哥，我說我跟了你這麼多年，你怎麼也能這樣對我啊！」說完，居然開始掉淚了。

# 第三十二章 幻覺

姜虎心裡感慨萬分，心中暗想：以前可真小看他了，原以為這傢伙除了使用暴力之外，什麼也不會，現在一看，這傢伙要是去演電影，完全有實力衝擊奧斯卡最佳男配角，混黑道真是屈才了。

只聽丘立三又說：「我的幾個手下全都死了，現在就只剩我一個人了。尤哥，你不是要送我去澳門嗎？你給我點錢，我到了澳門保證老老實實待著，等風聲過去了，我再回來跟著你，好不好？」

過了一會兒，他驚詫地說：「什麼？這……這怎麼可能？我根本沒被員警抓到過，怎麼會把你給供出去呢？大哥，你冤枉我了呀！我沒有……」

姜虎有點不耐煩了，插話道：「我說丘三爺，丘大主演，求你別再浪費精力了，快上船吧，咱們還得趁著順風趕路呢！」

話剛說完，丘立三猛地後退幾步，厲聲說道：「尤哥，你……你們這是幹什麼？你還想殺我滅口？」說完他不住地後退，忽然被腳下的沙坑陷了一下，倒在地上，然後快速爬起來，發了瘋似地向海裡跑去，邊跑邊亂喊：「別殺我，別殺我，我沒有出

## 第三十二章　幻覺

賣你！你不能殺我！不能殺我……」他襯衫裡的珠寶都掉了出來，被海水吞沒。

轉眼之前，丘立三已經跑到了海浪之中，巨大的潮湧瞬間把他打翻，他雙手被捆，在海浪中困難地掙扎起伏，邊掙扎邊斷斷續續地喊：「別想殺我滅口，我誰也沒出賣……我誰也……」幾個起落，身影已經到了海浪深處，隨時都有可能被海水吞沒。

姜虎和依凡有點慌了，因為即使丘立三再會演戲，也不可能去冒著生命危險表演，這種浪頭一旦將人打翻在內，可以令人瞬間窒息，甚至抽筋，極易喪生在海裡。

依凡說：「他快淹死了，快把他撈上來！」

姜虎不再猶豫，立刻一個魚躍跳進海裡，趁著海浪向後退卻的幾秒鐘機會，幾個跳躍來到丘立三旁邊，一把拽他的脖領子，大聲罵道：「你裝什麼鬼？快給我回來！不怕死啊？」

丘立三見姜虎來救他，驚恐地左右躲避：「尤哥，你不能殺我！我沒出賣你！你別殺我，你別殺我！」

姜虎大聲說：「我不是你尤哥，我是你大爺！快給我回來……」

丘立三已經被海水淹到了脖子，卻還在拚命地躲閃，張嘴還沒說出話來，就被海水灌進口中，連喝了幾口海水，開始有點神志不清。姜虎現在知道丘立三不是在演戲，而是眼前出現了幻覺，現在想讓他回來是不太可能了。於是他屏住呼吸，抬手朝丘立三面門「砰」地就是一拳，登時將他打暈，然後拉著他一條手臂用力一掄，趁著一股海浪湧來之際，朝丘立三後屁股就是一腳，兩股力量加在一起，將丘立三送出老遠，離岸邊近得多了。

姜虎也朝前連游幾下，托起丘立三後背，在另一股海浪襲來之時，奮力將他一推，推上了岸，姜虎伸頭換了口氣，一鼓作氣爬上沙灘，將丘立三拖回海邊。

這一通折騰過後，姜虎又累得坐在地上，丘立三則躺在沙灘上，不住地吐海水。

依凡用力按壓丘立三的胸口，幫助他更快地吐出肺內的海水，不致於被嗆死。

歇了一會兒，丘立三平靜了下來，兩人用細纜繩把他的雙手繫在樹上，以防他再次發瘋亂跑。丘立三精疲力竭，躺在地上沉沉睡去。

姜虎看著他，對依凡說：「這傢伙難道平時有癲癇症？怎麼忽然發起瘋來了？要真是這樣，那他也夠可憐的了。」

依凡也說：「是啊！據說這種病極易死人，很多患者發病時沒有任何前兆，有的在街上走路還是好的，突然就倒地不起；如果是在游泳時發病，那就非常危險了；更有的在騎自行車或開汽車時發作，後果更加可怕。」

這時，姜虎肚內又「咕咕」作響，原來剛才吃下去的幾條魚被這一通折騰，消化

# 第三十二章　幻覺

得差不多了，姜虎走到烤魚架旁，見還有幾條沒吃完的剩魚，就拿起來咬了幾口。忽然，聽見遠處似乎有機械引擎之聲。

他回頭一看，暮色之中，遠處的海面上果真浮著一條大船，正朝西邊駛去。姜虎心中狂喜，可算盼到船了！他連忙跑到海邊，向船的方向高聲喊叫：「喂！救人！喂，快來救人哪！」那船似乎沒有聽到，依然慢吞吞地游弋著。

姜虎心下焦急，生怕船上的人聽不到喊聲，連忙跑到烤架處，見點著的樹枝已經熄滅，但火堆中仍然有一些暗紅的火星，他連忙吹燃火堆，點燃了一堆樹枝，又把身上的破衣服都脫下來，上船弄一些活魚包在裡面，架在火堆上燒起來。活魚身上有油脂，在火焰燃燒之下，冒出濃濃的黑煙，斷斷續續飄蕩上空。

那遠處的大船似乎看到了黑煙，「嗚」地鳴了聲笛，轉頭朝這邊開來。

姜虎高興極了，不由得跳了起來，大叫道：「在這兒，在這兒，快來呀！哈哈哈！終於找到救兵了！哈哈！」

依凡向海上望去，別說船了，連隻海鴨子也沒有啊！她對姜虎說：「船在哪兒呢？我怎麼沒看到？」

姜虎也不理她，雙手攏起大聲喊道：「救人，救人！」

貨輪一直開到島邊沙灘也沒有停的意思，直朝姜虎綁在樹上的運屍船撞去，只聽

「咣」的一聲巨響，船被撞得扯斷纜繩翻了個跟頭，落入海中，貨輪撞上船，被迫停了下來。姜虎心中納悶，這麼大的貨輪，難道沒有錨？這時，從船頭伸出一個梯架降在沙灘上，一個人慢慢走了下來。姜虎定睛一看這人，頓時呆住了。

這個人身材高大，穿一條夏威夷式的花襯衫，脖子上一道深深的刀口還流著鮮血，染紅了半邊衣服，竟是丁會！

丁會面無表情，朝姜虎慢慢走來，姜虎一時間愣住了，不知道該說什麼好，他腦子裡想：老丁怎麼還活著？在鬼島上，他不是讓那冷血怪物給暗殺了嗎？就算他沒死透，另一艘貨船後來也被海中巨怪給破壞掉了，無論如何他也沒有生還的可能啊！但眼下看見丁會，姜虎還是非常高興，他連忙迎上去，一把摟住丁會，激動地說：「丁軍長，你……你沒死？你這傷……」

丁會冷冷地看著他，開口說：「你盼著我死是嗎？那好。」姜虎剛要說話，忽覺小腹一涼，緊接著一陣劇痛傳來，他低頭一看，丁會竟然手拿一柄鋒利的匕首，插進了他的小腹！姜虎疼得臉上的汗珠立刻掉了下來，他一手捂著肚子，另一隻手緊緊抓著丁會的肩膀，吃力地說：「丁……丁會，你為什麼……」

丁會冷笑著說：「你在運屍船上想殺了我，獨吞獎金，姜虎，現在我就送你回天津老家吧。」說完手上一用力，刀捅得更深了。姜虎痛得臉上肌肉一陣痙攣，意識也

## 第三十二章　幻覺

有點喪失，只見丁會獰笑著的臉在面前晃來晃去，忽遠忽近，忽明忽暗……

丁會將匕首猛地抽出，姜虎立刻像斷了線的提線木偶，「噗嗵」跪在地上。這時，他模模糊糊地看見從船上又走下來幾人，當先是個鬍子花白的老頭，他走到丁會面前，手裡赫然提著隻死兔子笑著遞給丁會，說：「這是給你的獎金，一百萬。」

丁會接過死兔子，哈哈大笑。

忽然又從船上跑下一人，姜虎手扶著沙地，卻清楚地認定這人是那吞掉他的冷血怪物！姜虎掙扎著，一隻手勉強抬起來指著那殺手，費力地說：「丁……丁會，他就是殺你的……的人……」

那怪物跑下船來，走到丁會面前，掏出一把刀，刷地割下丁會手中死兔子的一條腿，舉著兔子腿大笑道：「這五十萬是我的！」丁會和殺手一同仰天狂笑不止。

姜虎精神徹底崩潰了，他大聲喊叫，發瘋似地揪扯自己的頭髮。丁會狂笑著拔出一把貝雷塔M92F手槍，向姜虎突然射擊，「砰砰砰」，姜虎的身體劇烈痙攣，像被人當胸猛擊了一錘，栽倒在地。

倒地之後，姜虎那尚未完全消失的潛意識中，仍有丁會、白鬍子老頭、冷血怪物的身影交替出現，隱約聽見依凡在旁邊叫：「你發什麼瘋？快醒醒……」

昏昏沉沉之中，也不知過了多長時間。

「老爸，你說那捆著的人系個逃犯？點解也？我怎看不出來咯。」一個小姑娘的聲音似乎在耳邊響起，這是幻覺？還是……

姜虎漸漸有了意識，感覺後背不像是躺在沙灘上的那種感覺，倒像是在床鋪上。還沒睜開眼睛，就感覺整個身體在慢慢地搖來晃去，好像浮在水面上。

他頭疼欲裂，渾身也是如散了架般難受，沒一個骨節不疼。剛想睜眼轉頭，忽然轉念又不動了。姜虎受過專業的反俘虜訓練，一旦從昏迷或昏睡中清醒過來，不能先睜眼，或是活動身體，而是必須繼續裝作昏迷，同時耳中監聽四周的動靜，再做出正確的判斷。

這種訓練過程極其艱苦，首先受訓者要服下昏迷藥物，如果醒來之後，先睜眼或是動了身體被教官看出，通在身上的電極板就會放出幾百伏電流，令受訓者苦不堪言。

反覆進行此訓練，會令受訓者在腦海中形成深刻的條件反射記憶，直到後來無論在什麼情況下甦醒，全身都不會動彈半下，但意識已經完全恢復，從外表看上去根本看不出這人已經醒來。

姜虎心中的第一個念頭就是：我在什麼地方？這是哪兒？西安林之揚的家？還是丁會的家？還是……地獄？我已經死了？到了陰間了？

## 第三十二章　幻覺

耳中又聽另一個中年男人的聲音說道：「傻妞，妳沒見他臉上有疤，還缺了半邊眉毛，一看就系混黑的人啦！再看那人身材高壯，一看就系個員警，妳要不信等他醒過來，我問問他架！」

那小姑娘又問：「哦！老豆，那壞蛋會不會害咱倆個？」

「不會啦！我已將他捆得牢牢，他系走脫不掉的！」

姜虎聽了幾句，心中已聽出了些眉目。耳邊又隱隱聽見海浪拍打和馬達突突之聲，腦筋正在飛轉之時，忽聽得一聲大叫：「快解開我的繩子！快點，我是員警！他媽的，你們捆著我幹什麼？找死嗎？再不解開，我他媽代表公安局槍斃了你們！」這聲音正是丘立三的。

又聽田尋的聲音說：「你們不要聽他胡說，他是大壞蛋！」

那中年男人說：「我當然不信啦！你系員警？我頂你個肺！你系員警那我就系總統架！看你的樣子也不像系員警，中國怎會有你這種員警？不要吵，再吵就打你的屁板！」

那小姑娘說：「老豆，他好凶哦！要不要叫醒那個大哥哥？」顯然有些害怕丘立三的凶相。那中年男人還未張口，只聽丘立三又罵道：「他們四個都是殺人犯，你們知道嗎？我才是員警！員警怎麼就不能是我這樣嗎？長得帥才能當員警？你們兩個白癡快放開我，誤了我的公事，我讓你們都去坐牢！」

依凡又說：「我們四個才是員警，這傢伙是個通緝犯，你們可千萬別信他的！」

那小姑娘說：「我信大姐姐的！」姜虎再不擔心，一下坐了起來。

昏黃的燈光，狹窄的貨艙，原來身處的是一條小型機械貨船，透過貨艙的玻璃，可以看到外面海面上燈塔的燈光，在夜色中若隱若現。田尋和依凡、小培坐在小板凳上，一個中年男子和一個小姑娘則席地而坐，兩人衣衫樸素，甚至有些襤褸，看上去應該是兩父女。他們被姜虎的動作嚇得同時叫了一聲，倒把姜虎也嚇了一跳。那小姑娘躲到中年男人身後，怯生生地偷偷看著姜虎。

中年男人也有些害怕，壯著膽子對姜虎說：「你……你醒過來了呀？」姜虎環顧周圍，貨船內簡陋至極，地上擺了一張矮桌，牆角堆著一堆漁網和幾大筐活魚，除此之外，再無其他擺設。丘立三被捆得像個粽子似的，側躺在貨艙地板上，自己則躺在一張簡單的鐵架折疊床上。

姜虎心下稍平，揉了揉疼得直跳的太陽穴，說：「這是什麼地方？你們是誰？」

那中年男子嘿嘿笑了，說：「我們系碣石縣的漁民，我叫王大林，這系我細女美娣，你系什麼人啦？」

姜虎剛才把眾人的對話都聽在耳中，索性就裝下去給他們看，他側身下了床，鄭

# 第三十二章　幻覺

重地對王大林說：「你們做了一件大好事啊！我們是珠海市公安局的便衣員警，這個傢伙是盜搶國家一級文物的通緝犯，我們在海上抓住了他，可後來咱們的船迷了路，就被海風吹到了一個荒島上。怎麼，是你父女倆救了咱們嗎？」

還沒等王大林回答，丘立三立刻罵道：「你們別聽他胡說八道，他們才是逃犯呢，我是員警，你們快放開我！」

依凡笑著說：「你們相信他是員警嗎？」

王大林憨厚地笑了笑，撓了撓腦袋，說：「系呀，我們也不相信他會系員警架！但我們相信你嘍！你們兩個女娃這麼漂亮，怎麼會系逃犯呢？我們的船出來打漁，你們待的那個島我們平時經常路過的，離碣石縣不過兩百多海浬的路。你要回珠海去嗎？」

田尋說：「不用不用，就跟你們回碣石就行。對了，你這漁船回家上岸的時候，有邊防員警來查船嗎？」

王大林還沒說話，一旁他的女兒美娣接口道：「沒有架！我們那裡的漁船都系隨便出海，沒有人查的。」

幾人心下高興，說：「太好了，那我們就隨你們回碣石，然後帶著這個逃犯回珠海去。先謝謝你們了！你們為國家幫了大忙，以後我會回來重謝你們的！」

王大林父女倆開心地笑了，美娣偷目看著姜虎，嘴角帶著微笑。丘立三躺在角落，嘴裡還在不住地咒罵，田尋怕他多說話出事，乾脆讓美娣找了一塊毛巾塞住了他的嘴。美娣是個十八、九歲的姑娘，身材嬌小，長髮在腦後編了兩條長辮子，一張略顯稚氣的臉蛋，卻掩飾不住那清純秀麗的容貌。

王大林說：「你們餓不餓哩？要系餓了，我這裡有點吃的，不要嫌不好呀。」他的普通話不太標準，夾雜著濃重的廣東方言腔，還好能聽得懂，田尋他們還真有點餓了，於是連連點頭。王大林從矮桌邊的大鍋裡盛了四大碗麵條，遞給田尋他們。

田尋等人自從那天晚上進了運屍船，就再也沒吃過人類做的飯，現在看到這碗麵條就跟看到親人了似的，連忙接過來，連道謝都忘了，抄起筷子就吃。就連一向挑剔的小培也吃得狼吞虎嚥，風捲殘雲。不多時，四人都把麵條吃進了肚。

王大林見幾人吃得香，臉上十分高興，連忙吩咐女兒：「美娣，快再給四位員警同志再弄麵條架！」

田尋說：「我們吃飽了，小妹妹，麻煩你給這逃犯弄一碗吧，要是餓壞了他，我們回珠海也不好交差。」

美娣低著頭，默默地又盛了一碗麵條遞到姜虎手上，姜虎接過麵條，對美娣笑著說：「謝謝你，小妹妹。」

# 第三十二章　幻覺

美娣抬頭看了他一眼，嬌羞地笑了。

# 第三十三章　漁霸

姜虎走到丘立三面前蹲下，取出塞在他嘴裡的毛巾，用筷子提了一筷頭麵條，說：「別餓死了你，我不好交差，吃吧。」

丘立三破口大罵：「去你媽的！老子不吃又能怎的？餓死也不做俘虜！」

姜虎說：「你不吃是嗎？好，那我倒掉。」說完站起來就往艙外走。

丘立三又說：「為什麼要倒掉？那太浪費了，我還是吃了吧！」

姜虎笑了，說：「這就對了，你就乖乖地吃吧，只要你肯配合，到了地方，我會儘量幫你說好話的。」

丘立三「哼」了一聲，大口地吃姜虎夾過來的麵條。

丘立三吃完麵條，田尋他們開始和王大林父女閒聊起來。

依凡問道：「王大哥，你家裡還有別的什麼人嗎？」

王大林說：「就只有我和細女，沒有別的親戚了。」

姜虎又問：「那你們天天都出來打魚嗎？」

王大林搖搖頭：「哪能天天出來呀？這船系我們從村裡租來的，大約一個星期出來一趟，船上的燃料系有限的，我們不敢跑得太遠。」

田尋說：「那每次的收穫怎麼樣？能賣多少錢？」

王大林掏出一包煙遞給田尋和姜虎，田尋推辭掉，姜虎用餘光一掃，見是最廉價的劣質捲煙，就知道這父女倆平日也很節省，再者他也好多日子沒抽煙了，現在嗅到煙草的味道，不覺煙癮上湧，接過王大林遞來的火柴燃著，兩人對著吸了起來。

王大林說：「現在海上的魚越打越少，近海的魚幾乎都快被打光了，要想打到魚，就只能往遠了跑，到南衛灘、北衛灘那邊去打，但那裡路途太遠，我們的油不夠足，馬力大的船我們又租不起，最遠也就只能到這裡了。你看，就這麼幾筐魚，這還算系好的，有的時候，出海三、四天，連一筐都裝不滿，還不夠交租船的錢呢，唉。」

田尋他們看著王大林無奈的表情，心生同情之意。忽然，姜虎想起自己在船上裝了一大堆藍眼睛魚，忙問道：「對了，你到那個小島的時候，看沒看見我那艘船上有很多白色的魚？你們有沒有裝上船？」

王大林一聽，驚恐地連擺雙手道：「藍眼魚？那魚可不能吃呀！那系鬼魚，吃了要被幽靈給活活纏死的！」

姜虎一聽，連忙問：「什麼鬼魚？那魚肉可香著呢！」

旁邊的美娣也害怕地說：「系的系的！那魚系千萬不能吃的！」

依凡說：「吃了之後會怎樣？」王大林並不回答，而是看了看美娣，眼睛裡流出了眼淚，轉過頭去悄悄地擦。

美娣悲傷地說：「那種魚肉人要是吃了後會有幻覺，我老媽就系有一次出海打了好多那種魚，她在船上吃了幾條，結果還沒到家，就神經錯亂，投海死了。」美娣說完趴在腿上痛哭起來。

姜虎聽了心中一驚，這才全明白了丘立三在小島上的異常之舉，還有後來他看到的貨輪衝上小島、丁會下船、捅自己一刀等等，竟然也全都是幻覺。

田尋看了看王大林，心有餘悸地說：「我也吃了那種魚，但好像沒有幻覺出現？」

王大林說：「如果吃得不多，有時候就不會有事。」

姜虎說：「我吃了很多啊，真是太危險了！」

王大林點點頭，對姜虎說：「我們路過小島時，你就躺在地上渾身抽搐，嘴裡還吐白沫，他們都睡著了。我一嗅那魚的味道就知道系鬼魚，你抓的那個逃犯正靠在樹上用力磨手上的綁繩，一看見我們的船，開口就要我們幫他解開繩子。我見他長得凶惡，肯定不系好人，就沒放脫他，於系就帶你們回來了。」

# 第三十三章　漁霸

田尋暗自慶幸遇到了有頭腦的父女倆，要是趕上碰到個渾渾噩噩的漁民，一高興把丘立三給放了，這傢伙雖然身上有傷，但憑他的體力，殺掉幾人滅口還是綽綽有餘。

依凡感激地說：「王大哥，多虧你沒有放跑他，這傢伙很危險，他殺人不眨眼，你要是解開他身上的繩子，說不定他會殺了你們！」

王大林一聽，嚇得臉都變了色，磕磕巴巴地說：「什……什麼？他為何要殺我們呀？我們也沒有害他？」

美娣也說：「系呀，為什麼架？」

小培說：「這人是個大壞蛋，什麼事都做得出來。」

姜虎也板著臉說：「你不害他，他也一樣會害你，跟壞人是沒有道理可講的。懂了嗎？」

王大林父女倆表情複雜地對視一眼，同時點了點頭。

田尋聽著馬達聲，問：「要多久能到碣石縣？」

王大林說：「按現在的速度，大約要五、六個小時吧，等天亮了就該到了。」

姜虎說：「你們有手機嗎？我想打個電話。」

王大林搖搖頭：「我們父女倆窮得很，哪裡用得起手提電話呀？在我村裡也沒有幾個人有哩！不過村子裡有公用電話可以用的。」

大家坐在船艙裡又聊了會兒天，不知不覺中船已經到了碣石縣靠了岸，王大林說：「員警同志們，碣石到了。」

姜虎站起來向外一看，天剛剛放亮，海水還沒漲潮。他揉了揉眼睛，叫醒了還在大睡的丘立三，又怕他亂叫亂罵，拿毛巾塞住了他的嘴，幾人下了船。

這是個極普通的沿海小縣，說是縣，可看上去和一個鎮子差不多，離岸邊不遠有一排排高高低低的小草房，十幾艘大大小小的漁船也都剛剛靠岸，正在往下卸魚。

田尋和姜虎幫王大林把裝活魚的筐一個個抬下船來，岸邊早已有收魚的人在等著過秤，四筐魚稱過了分量，收魚人遞給王大林幾張鈔票，王大林數了數，說：「李老闆，錢不對呀，好像少了一百塊。」

收魚人一面指揮著人將魚筐抬上汽車，一面說：「怎麼不對？現在活魚生意不好做，每斤收價降了四毛錢。」

美娣不甘心：「李大哥，你收魚價降了，為什麼不先告訴我們哩？這不系騙我們的血汗錢嗎？」

# 第三十三章　漁霸

那收魚人禿頭鋥亮，赤著上身，胸口上刺著大刀關公，他一瞪眼睛：「小毛丫頭，妳亂說什麼？我降價了，還要提前通知妳嗎？妳以為妳系哪個？市長還系省長啊？真系笑話。」

王大林連忙賠笑說：「李老闆，我細女年紀小不懂事，但我們出海的時候你明明說系還按一斤一塊二毛錢收的，怎麼能說變就變呢？這點錢我只剛夠交船租的呀！」

那李老闆不耐煩地一擺手，說：「你夠不夠交租，跟我有狗屁關係？要麼你可以不賣，自己留著吃，怎麼樣？」

美娣氣鼓鼓地說：「整個碼頭收魚的人都被你趕跑掉了，我不賣你賣給誰呀？」

李老闆哼了一聲：「那還廢什麼話？我說降就降，真系越窮越多事。」

姜虎在一旁看得再明白不過了，這李老闆就是個欺行霸市的傢伙，隨口就剝削漁民的血汗錢，王大林生氣地說：「李老闆，我們父女倆系很窮，但做事也有規矩，不像你亂改魚價！」

李老闆把臉一沉：「你他媽的說什麼？說我不懂規矩系嗎？你個臭打漁的，跟我擺什麼譜？不怕我打斷你的腿！」說完，旁邊裝魚的幾個壯漢圍了起來，都對王大林怒目而視。

王大林見人多勢眾，有點退縮了，美娣怕老爸吃虧，拉了他一下，說：「算了老爸，不跟這種人計較，我們快去交船租吧。」

李老闆面露凶相：「臭丫頭，妳說什麼？我這種人系什麼人？妳他媽的系不系找打？」說完一擼袖子就要上前。

王大林連忙阻擋：「李老闆，她沒見識不懂事，你不要往心裡去好不好？」

李老闆抬頭抽了王大林一個嘴巴：「操你媽的，她不懂事你就好好管教管教！這一巴掌算系你替她挨的，下次再犯，連她一起打！」

王大林捂著火辣辣的左臉，不敢出聲，美娣卻急了，她上前猛地推了李老闆一下，大聲叫道：「你憑什麼打我老爸？他那麼大年紀了你也打？你還系不系男人？」

李老闆被她推得險些摔倒，他怒不可遏，衝上去「啪啪」抽了美娣兩個嘴巴，罵道：「你個小爛貨，敢打你爺爺？我他媽的今天讓妳見識見識什麼叫男人！」說完他抓住美娣的上衣襟猛地一扯，竟把美娣的衣服撕開，露出了嫩白的肌膚和裡面穿的紅色肚兜，美娣一下子驚呆了，李老闆和幾個壯漢哈哈淫笑著，對美娣指指點點。

美娣放聲大哭，坐倒在地上，王大林徹底被激怒了，猛撲向李老闆：「你這個混蛋，我和你拚了！」李老闆側身一躲，順手拿起旁邊的剖魚刀來，對著王大林後背順手就是一刀。

「噹」的一聲，只見李老闆捂著手腕長聲慘叫，手裡的剖魚刀竟不知道飛到哪兒

## 第三十三章　漁霸

去了。他抬頭一看，兩男兩女四人站在自己面前，為首那人是個身材魁梧的壯男，臉上似笑非笑地看著他。

李老闆一時沒回過神來，衝著那壯男怒道：「你……你們他媽的系誰？敢踢我？不想活了？」

王大林摟著衣衫不整的美娣，驚恐地說：「同志們，千萬不要惹事，你們快走吧！」

李老闆凶光四射地說：「走？往哪走？給我上，打死這幫傢伙！」五、六個壯漢毫不猶豫，一齊向姜虎等人撲過來，美娣嚇得大叫著往後直退。

當前一個壯漢衝到姜虎身前，抬拳照臉就打，姜虎也不躲避，伸左手閃電般地一把抓住他的手腕，腦袋往右微微一側，這壯漢一拳打空，整個胸口登時都賣給了姜虎。姜虎知道這種人就是天生讓人當槍使的命，只要你給錢，讓他打自己老丈人都行，所以姜虎下手也沒打算留情。他猛地抬左膝蓋用力一頂，只聽喀喇一聲輕響，那壯漢的右側肋骨登時斷了三根，折斷的肋骨內陷扎到了脾臟，那壯漢慘叫半聲，身體像沙包一樣飛出兩米多遠，摔倒在地。

為什麼只叫了半聲？因為人在喊叫時需要胸腹膈肌收縮用力，而這壯漢肋骨已斷，連喘氣都會牽動斷骨，劇烈的疼痛使他根本叫不出聲，廣東人有句使用率極高的口頭禪叫做「我頂你個肺」，大概就是這個意思，斷骨如果扎在肺上，人不但疼痛，而且連呼吸都會受阻，這種痛苦比起普通的疼痛來，要更難受十倍。

另一個壯漢愣了一下，又撲上來抬腿就踢姜虎襠部，姜虎看這壯漢身手普通，腳步虛浮，一看就是光憑著一身蠻力吃飯的。他看準來勢，在距身體不到半尺遠時，右手疾伸，一把牢牢扣住壯漢的腳腕，同時左腳飛出，踢在壯漢右腿根部，這部位正是大腿筋，那壯漢只覺有一種前所未有的疼痛順著整條大腿往上走，悶哼一聲，喊都沒喊出來就跪倒在地，右半邊身子頓時癱了，動彈不得。

剩下三個壯漢見姜虎轉眼之間就放倒了兩個同伴，心裡有點發毛，那個收魚的李老闆叫道：「上啊，愣著幹什麼？我白花錢雇你們？」

三個壯漢互相看了一眼，同時掏出彈簧刀，從不同角度向姜虎和田尋扎來。姜虎一見此景，不知怎的，腦子裡想起了丁會生前在珠海拱北橋邊，和幾個毒販子徒手搏鬥的情景，一想起死去的多年好友，姜虎不由得悲從中來，怒火填胸。

他見一壯漢持刀刺向自己胸口，身體忽地向左一閃，抓住他持刀的右臂順勢朝外一掄，刀刃恰好扎進另一個壯漢的肩膀，那壯漢大叫一聲，姜虎一把拽過他拿刀的手朝裡一送，又捅進先前那人的腋下，兩條大漢等於互相給了對方一刀。

看著抱在一塊倒地的兩壯漢，最後一個漢子終於看清楚了形勢：自己根本不是姜

# 第三十三章　漁霸

虎的對手。他把手裡的刀往沙灘上一扔撒腿便跑，轉眼就沒影了。

剩下的李老闆待在那裡，看著慢慢走向自己的姜虎，一步步向後退，退了幾步，一下被魚筐絆倒，他飛快地爬起來，沒命地逃走了。

打敗了幾個惡霸，姜虎覺得胸中的氣順多了。

可王大林卻愁眉苦臉，一點沒有高興的意思，他抱著美娣的肩膀，說：「哎呀我說員警同志，這下你們可惹了大禍了！那李老闆很厲害，他認識縣長的，手下有很多人，他肯定會回來找我們麻煩的！這下在村裡可沒辦法待了！」

姜虎說：「沒關係，你離開碣石縣，我會給你一筆錢，讓你去別的地方安家。」

王大林說：「你給我錢？你能給我多少錢？我去哪裡安家呀……」說完，他蹲在地上抱著腦袋，顯得十分害怕。姜虎非常同情他的處境，知道讓一個安分老實的漁民背井離鄉，的確不是件易事，但事已發生，又絕對不能扔下這對父女自己離開。

於是他扶起王大林，掏出兩串珍珠項鍊遞給他說：「別擔心，這兩串項鍊你可以賣些錢花，現在先告訴我哪裡有公用電話？」

驚魂未定的美娣雙手抱在自己胸前，發抖地說：「前……前面有個小飯店，那裡有個電話機。」王大林接過項鍊，半信半疑地看著姜虎。

田尋和姜虎拉著丘立三，依凡說：「你帶我們去那裡，我們要打個電話。」王大林和美娣在前頭帶路，幾人朝村裡走去。

不一會兒來到了個小飯店門前，進到屋裡，一個店主模樣的中年女人走過來說：「哎呀，王大林，你今天系動了哪根筋？要來吃飯地嗎？可真是太陽打西邊出來嘍！」

姜虎說：「老闆娘，我要用一下公用電話。」

老闆娘上下打量著田尋等人，見這幾人渾身汙髒，後面還綁著個嘴裡塞毛巾的壯漢，不由得心下生疑，問道：「你們系誰？打電話做什麼？」

姜虎說：「我是王大林的遠房親戚，要打電話給家裡有事情。」

老闆娘說：「哦？什麼地方的親戚，有什麼事要說？」

姜虎有些不快：「什麼親戚還要告訴妳嗎？快拿電話出來！」

老闆娘說：「哼，你系他什麼人我不管，可要先掏出錢來才讓你打。」

姜虎這下才知道，這老娘們兒是怕他和王大林一樣窮，付不起電話費。姜虎掏了下褲子口袋，這才發現身上沒有一分錢，當初他和丁會上碼頭運屍船時，本來是帶了些錢的，可在海上一路折騰，紙幣早就被海水泡爛泡沒了。

# 第三十四章　搏命

田尋和依凡、小培也都搖搖頭。

姜虎向王大林說：「王大哥，你先借給我一點錢，我一定會加倍地還給你。」王大林遲疑地掏出一張十元的鈔票遞給姜虎，心想：不知道那兩串項鍊能值多少錢，不會系假的吧？

姜虎把錢給了老闆娘，老闆娘這才從櫃子裡頭拿出一部老式撥號電話機放在桌子上。

姜虎對老闆娘說，說：「妳可不可以迴避一下？我有重要的事情要說。」老闆娘撇了撇嘴，說：「有什麼了不起的，打個電話還要窮擺譜。」說完一扭一扭地進了裡屋。

姜虎費力地撥了串號碼，這種老式的脈衝式電話機在大陸很多地區早已經被音頻式電話所淘汰。電話接通了，另一端卻沒有聲音。

姜虎說：「我是姜虎，我們抓到了『兔子』！」

那邊立刻傳出了聲音：「你們在什麼地方？真抓到了『兔子』？」

姜虎說：「是的，我們現在在廣東汕頭市西北一百二十公里處的碣石縣海邊，你們馬上派人過來接我們，我們這裡有緊急情況，處境很不好，你們要馬上來人！」

「好！我馬上安排汕頭的人去找你！林小姐和你們在一起嗎？」

姜虎說：「林小姐在這裡！還有田尋、依凡，另外還有兩個當地的漁民，是他們救了我們。」

「林小姐真和你們在一起？她沒事吧？」電話那頭的聲音十分焦急。

姜虎說：「沒事，我們幾個人都很好，快派人來接我們！」

電話那邊說：「好，我們會用最快的時間趕到！」姜虎看了看窗外，說：「我的手機丟了，你們到碣石縣海邊的一個叫……叫……」

美娣為人機靈，連忙接口說：「小碣村飯店。」

姜虎說：「碣石縣海邊的一個叫『小碣村飯店』的地方，我們在那裡等你們，越快越好，我們在這裡惹了點麻煩，你們要快來！」

「放心吧，你要全力保護林小姐的安全，千萬不能有閃失！」說完電話掛斷了。

姜虎心想：這林小姐還真重要，有她在這兒，人家連丘立三都不問了。

姜虎對王大林說：「我們就先躲在這飯店裡，一會兒我的人就來接我們，你們放心，我姜虎不會扔下你們不管的。」

## 第三十四章　搏命

這時，老闆娘走出來了，臉拉得好像長白山，說：「電話打完了？」

姜虎點了點頭，老闆娘扔給姜虎五塊錢紙幣，姜虎說：「我只打了一分鐘不到的長途電話，妳居然收五塊錢？」

老闆娘說：「全村就這一部電話機，我這裡就這價，你不打可以走啊？」

田尋知道這老闆娘和剛才那個收魚的是同路貨色，連忙說：「剩下這五塊錢我們也不要了，都給妳。」

老闆娘愣了：「你……你這系什麼意思？」

依凡說：「我們要在妳這飯店的裡屋坐一會兒，一小時之後自然有人會接我們離開，怎麼樣？」

老闆娘馬上接過錢，嘴上卻說：「什麼？在裡屋坐一小時？那可不行，那會耽誤我生意的！」

林小培看不下去了，她以前無論在五星賓館，還是豪華飯店、高檔商場，都是接受最好的服務，現在看到這個市儈的老闆娘覺得非常厭煩，說：「妳這個人怎麼這麼討厭？在妳這裡坐著是看得起妳，懂嗎？」

這老闆娘一看林小培是個年輕姑娘，自然也不示弱，陰陽怪氣地說：「喲，哪裡來的千金大小姐哦？在這裡裝什麼闊富？真要擺譜就別來打電話，切！」

林小培氣得不行，姜虎說：「妳這飯店我看也沒什麼生意，妳答應也行，不答應我也不會離開，我這個人脾氣不好，妳要惹惱了我，我生起氣來就會砸東西，妳小心一些。」

老闆娘嚇住了，看著像鐵塔似的姜虎，也不敢再說什麼，讓七個人進了裡屋，在木板床上坐下。

七個人在屋裡坐如針氈，度日如年。過了一個多小時，還不見有人來接應，姜虎心下焦急。這時，只聽外面人聲嘈雜，吆五喝六之聲不斷，老闆娘有些慌了，坐立不安，頻頻看著屋裡的七個人，似乎嗅出了些眉目。

姜虎也不隱瞞，對老闆娘說：「外面的人可能就是找我們的，妳去外屋坐著，如果有人來打聽我們，妳就說往北面去了。快去！」

老闆娘不敢違抗，乖乖去了外屋。姜虎插上裡屋的門閂，放下窗簾。

聽得外面有人大聲說：「喂，小寶他娘，妳看見王大林和他細女美娣了沒有？」

姜虎在裡屋聽得真切，正是那收魚的李老闆，又聽老闆娘說：「沒……沒有，噢不，看見了，往村北頭去了。」

李老闆說：「到底系有還系沒有？」

老闆娘說：「有有有，真的系往村北頭去了。」

## 第三十四章　搏命

田尋和姜虎窗簾撥開一道細縫，向外望去，只見外面人頭晃動，那李老闆手持一把切肉的長刀，正和老闆娘對話，只見那老闆娘偷偷向裡屋看了一眼，用手指了指裡屋，又朝李老闆使了個眼色，然後提高聲音說：「我這裡真沒有，你們去別處看看吧！」

李老闆頓時會意，大聲道：「妳說沒有就沒有？閃開，進去看看！」老闆娘閃到一旁，十幾人各持尖刀鐵棒，衝進裡屋。

姜虎恨得牙根癢癢，回頭向王大林父女和林小培說：「你們快躲到屋角桌子後面，千萬別露頭！」

這時只聽「咣咣」連聲，屋門被撞得山響，頂棚的泥灰直往下掉，姜虎從屋角抄起一根長擀麵杖，說道：「他媽的，今天跟這群王八蛋拚了！我倒也很久沒打群架了，今天正好練練！」

依凡也折斷兩隻桌腿，和田尋各持一隻操在手中。

只聽「喀喇」一聲大響，屋門終於被撞開，先衝進條大漢，姜虎都沒看這傢伙長什麼樣，照他的臉就是一拳，隨後飛起右腳把他踢得向後直飛出去。那人身後還有人想衝進來，這一下砸倒了好幾個。又聽「嘩啦」一聲，窗戶玻璃被打碎，一隻揮著切肉刀的手伸了進來，田尋看準那隻手的手腕抬手就是一桌腿，這隻桌腿十分堅固，聽得外面慘叫一聲，切肉刀掉在屋裡。

這分神的工夫，已有兩人進了屋，每人一根鐵棍，摟頭就砸姜虎和依凡的頭，姜虎怕自己分身乏術，別人趁機傷害林小培，必須速戰速決，於是他使出殺招，舉擀麵杖擋住那人砸來的鐵棍，右手捏住擀麵杖中央左右一揮，劃了個半圓形，擀麵杖兩端狠狠擊中那人雙耳外側，那人立時被打得耳膜破裂直冒鮮血，向後倒下。

依凡側身躲過另一人的鐵棍，桌腿猛打在他後脖頸處，那人悶哼一聲向前撲倒，依凡左腿飛踢，又將那人向後踢倒，那人登時昏厥。

這時又有兩人想衝進來，姜虎和依凡見屋內狹窄，打鬥不便，只有將敵人攔在屋外各個擊倒才是最佳方法，於是姜虎上前抓住那耳膜被打裂的傢伙往門外一推，再補上一腳，將剛要進來的兩人一起踢出門外。

一個傢伙從打破的窗戶裡悄悄爬進，猛地跳起，用手中的鐵棍從後面死死勒住姜虎的脖子，同時大叫道：「快進來，進來！」姜虎連忙掙扎想脫開鐵棍，可這傢伙顯然臂力過人，竟勒得姜虎絲毫動彈不得，姜虎手中擀麵杖向後急掄，想砸這人的頭，這人非常狡猾，側身躲過。

田尋看得真切，舉桌腿打在那人頭上，那人「哎呀」一聲，姜虎又往牆上狠狠一撞，撞得那傢伙眼冒金星。這時又衝進來三個大漢，當頭那人持尖刀就插姜虎的小

# 第三十四章　搏命

腹，依凡在旁邊飛起左腿踢在他肋下，頓時把他三根肋骨踢折，那大漢口中狂呼，揮刀衝向依凡，依凡靈活地移動步伐到他側後，照他襠部就是一腿，這傢伙體壯如牛，可命根子差點被踢碎，捂著褲襠癱倒在地。

這時，那李老闆手持殺魚刀也衝了進來，罵道：「你個王八蛋，今天我叫你們都死在這！」說完抬刀就向依凡砍去，田尋見依凡危險，將手中桌腿用力擲向李老板，正打在他右太陽穴上，疼得他捂頭大叫，依凡順勢飛起一腿，直踢在他下巴上，險些將他的下頜骨踢裂，李老闆仰面栽倒。

後面還有幾條大漢，見李老闆都吃了大虧，正在考慮是否衝上去時，聽得外面煞車聲響起，頓時人聲大亂，還夾雜著陣陣槍聲，幾條大漢嚇得一驚，知道己方可沒有帶槍來的，他們也沒那個實力，不禁有點發慌。

正愣神間，幾個人衝了進來，都拿著手槍大聲道：「全都不許動！」這時，一個李老闆的打手還舉著刀追砍姜虎，這幾人也不說話，抬手「砰砰砰」就是一通開火，打得那傢伙身體亂扭死在當處。

衝進來的幾人先跑到林小培身邊將她帶出，其中一人叫道：「誰是田尋？」

田尋一看這幾人衣著講究、拿著手槍，就知道肯定不是李老闆的手下，也不大可能是員警，連忙大聲說：「我就是田尋！」

另一人又問：「誰是『兔子』？」

姜虎一聽明白了，是他的上司終於派人來了。連忙一指丘立三，這時又衝進來幾人，分別將田尋、姜虎、依凡和丘立三架出飯店。

田尋說：「帶上那父女倆！快帶上他們！」可這幾人根本不聽，出了飯店，門口停著三輛豐田沙漠風暴越野車，四人分別被人硬塞進三輛車裡，汽車絕塵而去。

性能優越的豐田沙漠風暴汽車從村口沙灘路開到縣城的土路，又拐了個彎，轉眼間已經上了公路。

在飛馳的汽車裡，田尋對車裡的幾個人大發脾氣：「你們為什麼不將那兩父女也帶出來？」

汽車裡的人都穿著黑衣、戴著墨鏡，其中一人說：「我們奉命只帶林小姐、田尋、姜虎和依凡小姐回來，其他人一概不管。」

依凡急得直跺腳：「美娣他們要是被報復可怎麼辦？」

田尋問：「小培呢？」

那人說：「在前面的車裡。」

# 第三十四章　搏命

兩輛汽車駛上開往汕頭的高速公路，以至少一百二十公里的高速前進，路上的汽車開得都不慢，可也都被甩在後頭。

田尋又問：「我們是去西安嗎？」

那人說：「是的，你是田尋先生嗎？」

田尋說是，那人說：「請田尋先生不要多問，到時候就會知道了。」

另一人拿出手機，打電話道：「飛機到了哪裡？好，一小時後到汕頭機場。」

依凡和田尋對視一眼，現在終於是安全了，田尋不禁抓著她的手，兩人靠在一起。

汽車越過汕頭市區交界後轉向朝東，又開了不到十分鐘，來到汕頭機場。最前面那輛汽車在機場的東北角入口處停了下來，從車上下來一個人向看守的工作人員出示一張證件，工作人員將三輛汽車放行入內。

汽車開到一架小型白色三叉戟飛機旁邊停下。三輛車門同時打開，小培、姜虎、丘立三、田尋和依凡全都下車，和幾個黑衣人登上飛機。這種飛機是三叉戟飛機中最小的一種，只有十六個座位，一般都是小型航空公司做近途客運用，也有一些富豪買來當成遠途代步工具，當然，具有這種實力和閒情的富人在中國還是少數。

強大的渦輪發動機轟鳴起來，飛機開始慢慢在跑道上滑動，在地勤人員指揮下，飛機逐漸加速，終於機頭一抬直入雲霄，向西北方向飛去。

丘立三被安排在最前面，左右有兩人圍著；小培則坐在中間右側，四名黑衣人保護著她，顯然是這飛機上的最高規格；田尋和依凡、姜虎被安排在左後側。小培大吵著又餓又渴，旁邊連忙有人送上依雲礦泉水和法式麵包，田尋他們也都吃喝了個飽。

兩個小時之後，飛機漸漸降低了速度，似乎要降落。田尋從飛機左舷窗朝外看去，只見地面上有一座巨大的、方形城牆圍成的城市，以飛行的方向和時間來看，由汕頭朝西北一千七百公里應該就是西安市。姜虎心道：難道這些人是帶我去見長安城東家？聽說雇傭我的人是西安著名的文物專家林之揚，也不知道這人長什麼樣。

飛機在空中旋轉九十度後徐徐降落在一座小型機場，幾人剛出機艙，就見在這座小型機場的對面好像是一個高爾夫球場似的地方，兩旁還坐落著幾幢漂亮的別墅，風格各異，高低不同地掩映於翠綠之中，顯然這是有錢人的私人土地。

飛機旁早有三輛帕拉多汽車在等候著，幾人又分成三組上了車。汽車出了機場，沿著高爾夫球場旁邊的公路行進，拐了幾個彎開進一條小路，這條小路是上坡路，道旁都是濃密的大樹，把陽光都給遮住了，田尋和依凡向車窗外望去，在樹葉間的縫隙

# 第三十四章　搏命

中偶爾可見像教堂似的尖頂一閃而過，田尋心裡暗想：這是什麼地方？似乎不是林教授的家？難道安排我們在教堂和他會面？原來這老教授還是個信洋教的。

忽然，他看見在一棵大樹的枝杈上安著架微型攝像機，鏡頭正隨著汽車的行進而緩緩旋轉角度。再往前開，又在另一棵樹上看見攝像機，可見此地安全戒備之高，雖不見人影，卻於平靜中更顯森嚴。

開不多時，道路平緩了，忽然前面豁然開朗，一座高大的歐式門欄出現在正前方，透過大門，可以看到裡面道路彎彎曲曲，道路兩旁有兩排歐式風格的路燈，每隔一段路就有戴著無線耳機的保安人員來回走動巡視，戒備十分森嚴，似乎是一座私人住宅。

汽車開到大門附近時，門悄無聲息地打開了，汽車沿著道路開了一會兒，視野忽然開闊，面前出現了一個巨大的廣場。這廣場足有百米見方，呈正圓形，外圈有一排黑色高杆銅罩燈，地面用各種顏色的碎石子鋪就，廣場正中央立著一座高大的乳白色雕像，一位身披薄紗的女神，手中高高托著一只水瓶，瓶口向下，傾瀉出一股長長的水柱，流在腳下的四方形水池中，周圍還分佈著幾股往上噴發的細水柱。在北方這寒冷的三月天氣裡，噴泉仍然向四周噴著漂亮的水花，忽高忽低，煞是好看。

依凡挽著田尋的胳膊，讚嘆道：「這地方真奢華、真氣派！」

田尋也說：「是啊！以前只在電視裡見過這麼漂亮的地方。」想開口去問前排的司機，又強忍住了。

偌大的廣場上除了「嘩嘩」的噴泉聲之外沒有人影，廣場對面是座半掩於樹林之中的歐洲城堡式建築，汽車繞過噴泉直穿而過，在經過廣場邊緣時，田尋看見城堡後方乃是一大片草地，草地後面還有一座濃密的樹林，周圍小河圍繞，河上還有一條小船，真像某些掛曆上印刷的歐洲風景一般。

# 第三十五章　古堡別墅

三輛汽車穿過廣場慢慢停在別墅前，這幢別墅是仿照歐洲中世紀的城堡修建的，雖然沒有英國、俄國古堡那般的雄偉壯觀，卻也相當氣派。八個帶有荊棘裝飾的尖頂高聳入雲，最正中央的尖頂下鑲著一座巨大的鐘盤，別墅外牆上全都是雕刻精美的古典人物浮雕，有男有女，或站或坐，再配上具有典型巴洛克風格的柱頭，還真叫人覺得好似瞬間到了法國、西班牙，或是義大利。

田尋下了車，見城堡門口停著兩輛車，一輛是金色的美洲虎轎車，掛著北京的牌照，另一輛是黑色世爵，沒有牌照。隨行人員打開城堡大門，小培拉著田尋的手走在最前面。

進大門之後是一個小型遊廊，過了遊廊進到別墅大廳，幾人眼前一花，頓時傻了，這座大廳的富麗堂皇程度完全超出了大家的想像範圍：整個大廳呈長方形，足有三十多米長，十多米寬，天頂上佈滿了金色的橄欖枝形浮雕，浮雕之間都是聖經故事的人物油畫，腳下是厚厚的波斯地毯，織有精美的圓形花邊圖案，牆壁上貼著淡黃色的玫瑰花圖案壁紙，高大的純金雕花燭台，一排排紫檀木書架緊挨牆壁，擺滿了各種厚厚的書籍；四面牆上掛著很多幅鑲金、銀框的油畫，有嫻靜的貴婦人，有聖經故事，有裸女和天使；牆角修有造型考究的壁爐，壁爐上擺有德國座鐘和古典人物半身像的石雕，牆邊還立著一具兩米多高的純銀歐洲武士盔甲，手持長矛。

大廳盡頭有一個高大的深紅色門廊，門廊上橫掛著一幅巨大的長卷油畫，畫上是一個騎紅馬的白袍騎士正與一隻惡龍鏖戰。門廊兩邊有兩個透明的琉璃壁燈，做成了一隻女人纖纖玉手托著燈罩的形狀，燈罩發出金黃的柔和光線。整個大廳彌漫著濃郁的歐洲中世紀宮廷風格。

大廳正中央是一個長長的紅木方桌，足有八、九米長，幾乎占了大廳的一半面積，上面擺滿了各種純銀製品，有酒壺、茶具、茶杯、高腳杯和銀燭台等等。旁邊圍著一圈紅木靠椅，一個約四十歲上下的英俊男人穿著一身深灰色西裝，正坐在靠椅上喝著茶，翻看報紙。

田尋雖然沒出過國，但中國的富翁、豪宅他也聽說過些，什麼北京玫瑰園、財富公館，上海的紫園、綠寶園，廣州的滙景新城、二沙島等等，這些地方全都是中國頂級富豪們居住的地方，最便宜的三、四千美元一平米，最貴的得八千多美金每平米，裝飾上也是極盡奢華，住這些地方的人不是巨富大商，就是外國在華的成功人士，沒有一、兩千萬美元，根本買不下這樣的房子。

# 第三十五章　古堡別墅

可那些豪宅也好，公館也好，與這個別墅一比，立刻就變得只能用「寒酸」二字來形容，田尋在心裡暗暗估計：這幢城堡再加上廣場和後面的大片草地、樹林，以及城堡週邊的道路樹林等，至少也得有十幾平方公里，這樣的私人住宅，沒有幾億元是修不起的，單單是這麼一大片土地，恐怕光有錢都買不下來。

小培和田尋先邁到厚厚的地毯上，那英俊男人立刻站起來迎上去，說：「小培，妳這個小丫頭，可想死二哥了！」

小培猛撲到他懷裡，哇哇大哭起來。

英俊無比的男人溫言安慰了半天，小培才收住眼淚，她淚眼婆娑地說：「二哥，我……我想吃牛排！」

這英俊男人正是林之揚的二兒子林振文，他哈哈大笑說：「妳呀妳，看看妳這身臭泥，都把二哥新買的衣服給弄髒了，再看妳的臉活像個大花貓，快先去洗個澡吧！」

一名女傭帶著小培離開大廳，林振文招呼田尋他們四人過來，他笑著對田尋說：「田兄弟，我們又見面了，上次是在西安我父親家，這回我才是真正的主人。」

田尋笑著說：「林先生你好，你的這座巴洛克式別墅真漂亮！」

林振文說：「怎麼，你也喜歡巴洛克風格？那真是太好了，快過來坐！」

旁邊有人拉過紅木長桌邊的四把椅子，還沒等田尋三人落座，丘立三卻大剌剌地往椅子上一坐。

林振文皺了皺眉，衝人使了個神色，旁邊兩人一把將丘立三揪起，帶到林振文面前。

林振文坐在椅上不動，上下打量了丘立三，開口說：「你就是『兔子』嗎？」

丘立三見這人神情倨傲，氣質不凡，就知道這一定是這座城堡的主人，張口就罵：「你他媽才是『兔子』！老子是人，行不更名、坐不改姓，丘立三就是你爺爺！」

林振文看了看他脖子上的刀疤和缺了半邊的眉毛，站起身走到丘立三跟前，忽然抬手就抽他耳光。丘立三是何等反應？他身體一側躲過，暴怒地衝上去抬腳就要踢林振文。這時，旁邊有個中等個頭的人如鬼魅般地欺身過來，左臂一掄正打在丘立三的脖子上，丘立三冷不防被這一股巨大的力量摜得向後急倒，整個身體摔在地上。這一下挨得不輕，丘立三連連咳嗽，十分痛苦。

兩旁有人把丘立三像拎小雞似地架起，丘立三破口大罵：「我操你媽的，要殺要剮給三爺來個痛快！我要是皺一下眉毛，就他媽的不是好漢！」

林振文笑了，說：「你半邊眉毛都沒有，拿什麼皺眉？」

# 第三十五章　古堡別墅

丘立三「哼」了一聲，說：「落在你手裡，該著你三爺走霉運！」

林振文皺了一下眉，說：「看來得先教會你在這裡說話的規矩。」說音剛落，旁邊出手那人又是無聲無息地揮出右拳，正打在丘立三面門，丘立三悶哼一聲，鼻梁骨頓時斷了。這人又飛起一腳，踢在他後膝蓋窩上，丘立三再也堅持不住，身體一晃跪倒在地上。

林振文擺手說：「先把他帶下去，別弄髒了我的地毯。再給他點東西吃，千萬別餓死了，等晚上我父親來再好好審問。」兩人上前將丘立三架出大廳。

田尋、依凡和姜虎三人坐在椅上，都覺得口乾舌燥，旁邊有女傭端上茶壺，給每人倒了杯茶，三人都渴壞了，端起茶杯一口喝乾。女傭每人又倒了一杯，三人又都喝乾。

林振文笑著說：「你們幾天沒喝水了？渴成這樣？」

姜虎一抹嘴說：「不怕你笑話，我們將近有半個多月沒有喝到淡水了。」

林振文奇怪地說：「什麼？半個多月沒喝淡水？為什麼？」

姜虎說：「我們為了尋找丘立三的下落，從珠江到南海、再從廣東到汕頭，途中差點死了好幾次。」

林振文「哦」了一聲，說：「你的負責人是誰？」

姜虎說：「我上司的代號是『粵鷹』。」

林振文點了點頭：「粵鷹是我這次『捕兔行動』的廣東區負責人。如果我沒記錯的話，你應該還有一個搭檔？」

姜虎神色黯然：「他死在南海上了。」

林振文默默點點頭，對依凡說：「妳就是依凡小姐吧？我聽父親說依凡小姐非常漂亮，可惜這一路上太過辛苦，連依凡小姐這樣的美女也形象受損，實在是不好意思啊！」

依凡知道自己身上髒汙不堪，她天性愛美，人又長得漂亮，現在不覺也有點扭捏，說：「林先生過獎了，我現在這個樣子，自己也覺得沒法見人了呢！」

林振文笑著說：「三位就請先洗個澡，好好休息一下，然後晚上等我父親到來，大家一塊吃頓便飯。」田尋道過謝，兩名女傭帶三人走出大廳。

出大廳後拐過幾個走廊，路過一間寬敞的浴室，姜虎朝裡一看，裡面都是用石砌的，中間還有個圓形水池，姜虎說：「就是這裡嗎？」

女傭說：「不是，這是林先生專用的土耳其浴室，前面有客人用的浴室，請跟我

# 第三十五章　古堡別墅

來。」姜虎吐了一下舌頭，和田尋對視一眼，心說這林振文還真會享受，光浴室就修了兩個。

三人跟著女傭繼續走，來到另一個寬敞的大廳，這個大廳四面都是深紅色的壁紙，中間也有一個長條形的紅木桌子，上面放著幾根銀燭台，廳裡光線比較暗，充滿一種高貴的神祕感。

順著紅木樓梯旋轉上了二樓，來到一個長長的走廊，又拐了幾拐來到另一間屋。

女傭推開房門，原來裡面是一間常規的浴室，地面都是乳白色的瓷磚，有一座白瓷大浴缸，配上各種鍍金的高檔開關，顯得十分協調和高貴。另一面有一個衣櫥，旁邊還有一個鍍金噴頭。還有一面的不鏽鋼架上擺放著齊全的洗浴用具，和一大厚疊雪白的浴巾。

姜虎和依凡被女傭帶著繼續往前走，另一個女傭對田尋說：「請田先生在這裡洗浴，水溫可以隨意調節，衣櫥裡有男式睡衣，洗好之後按一下牆上的按鈕，我自會來收拾浴室的。」

田尋目送女傭離去，先將門關嚴，然後脫光了身上的髒衣服，只見浴缸裡已經放了好四分之三的熱水，牆上一個液晶屏上顯示出「72℃」的字樣，顯然是指浴缸裡的水溫是攝氏七十二度。

田尋心中暗喜，心想：能在這樣的別墅裡洗澡也算夠檔次了。

他慢慢將身體躺進浴缸，把頭枕在一個有彈性的凹窩裡，角度很舒服，他剛閉上眼睛，突然，一個男人大聲說道：「把手舉起來，你這個混蛋！」田尋嚇得一噗稜，從浴缸裡坐起來，下意識舉起雙手。

他知道遇上了厲害角色，於是不動聲色地說：「兄弟，有話請出來說，別躲在暗處。」卻沒人回答。

正在納悶時，又聽有人說：「哈哈，你殺了我也沒有用，錢我都花光了，一分錢也找不回來了，哈哈哈……」

他抬頭一看，只見對面牆上鑲著一塊三十多吋的等離子電視螢幕，裡面正演著一部美國西部牛仔電影，原來剛才的對話都是從電視裡傳出來的。田尋慢慢放下雙手，看了一會兒電視，又左右看了一下浴室，不覺自己哈哈大笑起來。原來這浴缸和電視的開關有感應開關連接，只要有人在浴缸裡躺下，電視就會自動播放。

他又在水裡躺下，浴缸忽然有節奏地顫動起來，水面也震起了細細的波紋，說來也怪，身體絲毫感覺不到不舒服，相反地，卻相當受用，感覺好像有千百個手法熟練的按摩師在給自己同時做全身按摩，四肢百骸都懶洋洋地，一動也不想動，只想在浴缸裡泡著，不知不覺竟睡著了。

## 第三十五章　古堡別墅

一覺醒來，田尋發現自己還在浴缸裡泡著，看了下浴室另一面衣櫥上掛著的時鐘，指標已經指向七點鐘，敢情這一覺居然睡了差不多六個小時。他連忙坐起來仔細洗了洗身上的污垢，又用旁邊的浴液徹底清潔全身，最後在荷葉噴頭下沖乾淨，用浴巾圍住身體，然後按了下浴室門旁邊的按鈕，打開浴室門。

女傭走過來說：「依凡小姐和姜先生已經在樓下等候了，請田先生先換衣服。」田尋跟著女傭進到旁邊的房間裡，沙發上放著一些衣服，女傭說：「請田先生換好衣服後出來叫我，說完關上房門。田尋過去一看，見有一件白襯衫、內衣褲，一套黑西裝和一雙皮鞋，田尋心想：這林振文也太周到了，居然連衣服都準備好了？他在鏡子前換上新衣，居然相當合體，不禁暗暗佩服這裡服務的周到。

出了房間跟女傭下樓，七拐八拐後又來到別墅主大廳。

這時，見林振文正坐在長桌中央，林小培、依凡和姜虎也都換上了乾淨衣服，大家正在聊天喝茶。

小培摟著林振文正在撒嬌，見田尋進來，她立刻跑過去說：「大笨蛋，我以為你要在浴室裡洗上一整天呢！」小培換了一身淡粉色真絲連身短裙，黑色的高跟鞋，長髮散在雙肩，很是好看。

兩人來到長桌邊坐下，田尋見姜虎也和自己一樣的衣服，而依凡則是一件黑色低胸長裙，秀髮在頭上鬆鬆挽起，肌膚勝雪、面如桃花，另有一種成熟嫵媚的氣質，不由得多看了幾眼，依凡見他癡癡地看著自己，連忙轉過頭去，嘴邊似嗔似笑。

小培見田尋盯著依凡看個沒完，氣得用力掐他的大腿，田尋疼得直吸氣，卻又不好意思叫出聲，林振文全都看在眼裡，哈哈大笑說：「我這個妹妹以後可夠你受的！」言下之意，顯然是把田尋當成了小培的男朋友。

依凡聽了後，臉上閃過一絲複雜的神色。

林振文說：「剛才我已經聽姜先生和依凡小姐講述了你們這次冒險的經歷，小培這丫頭在旁邊不停地搗亂，好像自己也成了冒險家、女英雄似的。」

大家都笑了，小培說：「本來我就是英雄嘛！我還在島上發現了一個大船，對不對田尋？」田尋連連稱是。

林振文說：「你們的這段經歷完全可以拍成一部電影！明天我就給中影集團的副總打個電話，他是我好朋友，我讓他找個導演，以你們為原型拍個電影，肯定比那些所謂的大片更賣座，哈哈哈！」幾人也跟著笑起來。

田尋說：「林先生，這座別墅的設計者是你嗎？」

林振文一提此事，立刻來了精神，說：「這別墅雖然不是我一手設計，但很多細節都是由我修改的，我去過歐洲很多國家，最喜歡的就是巴洛克風格，我一直以為，

# 第三十五章　古堡別墅

它比洛可可風格更加大氣，也更能代表歐洲建築文化，你覺得呢？」

田尋說：「對歐洲建築藝術我沒什麼資格品頭論足，只是稍微有些瞭解而已，我知道法國有個龐畢度夫人，她是路易十五的心腹兼情婦，也是最推崇洛可可風格建築的人。」

林振文接口說：「你說的沒錯，那時的法國國王經常在宮裡召開舞會，沒完沒了地折騰那些有權有勢的貴族們，然後再修建大量富麗堂皇的宮殿，營造出一種悠閒、富貴、優雅的生活環境，讓那些貴族們熱衷於在這種環境下幽會、偷情，極盡風流韻事，這樣他們就沒精力去謀反。」兩人邊說邊走到大廳四周，指點著各種裝飾品。

小培反感地說：「又來了，二哥只要提到這些什麼歐洲啊、建築啊的就跟中了邪似的，拉著人家談個沒完，我可煩死了，不如咱們去院子裡玩吧！二哥新買了一輛世爵車，我們去兜風呀！」

姜虎說：「好啊好啊！妳來開嗎？」

依凡卻說：「林教授就快到了，我們還是在這裡多等一會兒吧！」

小培的積極性被打消，沒趣地自己到院子裡看噴泉去了。

林振文對田尋說：「義大利文藝復興晚期建築家維尼奧拉設計了羅馬耶穌會教堂，那是從手法主義向巴洛克風格過渡的代表作，也有人稱之為第一座巴洛克建築。

說起『巴洛克』這個詞，它的原意在義大利語裡是『奇異古怪』的意思，保守的古典主義者用它來稱呼這種被認為是離經叛道的建築風格。這種風格在反對僵化的古典形式，追求自由奔放，對後世的多種建築都有巨大的影響，一度在歐洲十分流行。」

田尋說：「對這些我還真是不太瞭解，讓你見笑了。」

林振文說：「見笑的應該是我，我這個人沒什麼愛好，除了古玩之外，最喜歡的還是歐洲文學和藝術，見了誰都想跟他嘮叨幾句巴洛克啊、哥德啊什麼的，你千萬別在意。」

田尋說：「林先生，有件事我想和你說一下。」

林振文說：「請直說，不要客氣。」

田尋說：「不知道小培她們和你說過沒有，我們在回碣石村的時候，有一對漁民父女救了我們，但你的人去碣石村接我們時，卻沒管那對父女的安危，我十分擔心他們現在的處境，俗話說：救命之恩，沒齒不忘，我希望林先生能夠幫幫他們，您說是不是？」

林振文一抬眉毛，點了點頭：「你說的很對，這件事我已經聽依凡小姐提過，並且已經安排人去辦了。」田尋道過了謝。兩人走過門廊時，田尋不禁抬頭看了看上方掛著的那幅巨大油畫，雖然看不懂畫中的內容，但那栩栩如生的人物著實讓人驚嘆。

林振文見他對這畫感興趣，便說：「這幅畫是以十五世紀荷蘭畫家希羅尼穆斯•波希的素描畫改繪而成的，名叫《聖殿騎士與惡龍》，大概是十七世紀左右的產物，作者已經無從考證了，但也花了我三十萬美金！我主要是喜歡這個題材。」

田尋說：「這個穿白袍的騎士身上繡有紅十字，是否就是十字軍？」

林振文喜道：「太對了！沒想到你也懂歐洲歷史知識，那隻惡龍當然是虛構的，不過十字軍騎士卻是真實的，他們叫聖殿騎士，全名是『基督和所羅門聖殿的窮騎士』，在十二世紀的法國誕生，原先都是一些保護朝聖者的窮騎士，慢慢地，所擁有的金錢越來越多，權力也很大，甚至後來超過了羅馬教皇，所以在二百年後被羅馬教廷祕密地圍剿，全部殺害了。」

田尋點點頭說：「這些聖殿騎士我在書上看到過，據說他們的戰鬥力極強，曾經用幾百人就打垮了波斯上萬軍隊。」

林振文說：「對，他們幾乎是戰無不勝，可以說代表著歐洲的最強戰鬥力。」

田尋問：「那如果聖殿騎士和忽必烈的蒙古騎兵打上一架，那誰會贏呢？」

林振文撓撓腦袋，說：「這個……這我還真沒想過，你的問題很有創造性嘛，哈哈！」兩人一起大笑起來。

這時，忽聽外面小培大聲歡呼：「爸爸，你來了呀！」

## 第三十六章　劫後重聚

林振文說：「我父親到了，我們出去看看吧！」

四人連忙一塊出了大廳，來到院裡，只見外面天色已近黃昏，四周的壁燈把廣場照得亮如白晝，中央的噴泉更配有七彩燈光。一輛黑色賓士汽車停在門前，林之揚從車上下來，小培在他懷裡又哭又鬧。

林之揚臉上帶著怒氣，罵道：「妳這孩子真是不要命了，怎麼能自己跑到珠海去？太胡鬧了，這樣下去，我真的不管妳了！」嘴上罵著，手卻不停地撫摸她的頭髮，顯然是嘴嚴心軟，口不對心。

林振文走過來對林之揚說：「爸爸，小培現在不是挺好的嗎？我看她好像比以前更健康了，真是精神百倍，剛才她還吵著要開我的世爵去兜風呢，哈哈哈！」

林之揚說：「小培的事你也有責任，為什麼不看住她？」

林振文委屈地說：「這丫頭天天出去瘋玩，我也不能總在屁股後頭跟著吧？」

林之揚還要罵他，小培拉著林之揚說：「哎呀，你們別吵了，快進去吃飯吧，我都快餓死了！」

田尋對林之揚說：「林教授你好！」

林之揚見了田尋心裡更有氣，不客氣地說：「你為什麼不勸小培從珠海回來？她要是有個閃失怎麼辦，我就這一個女兒啊，你知道嗎？」

田尋沒說什麼，依凡知道他不好爭辯，也只能默不作聲。林振文知道小培的脾氣，連忙說：「爸爸，小培你還不知道啊？她要想幹什麼誰能攔得住？你可是冤枉田尋了，這一路上多虧了他和依凡小姐保護小培，他還救過小培的命呢，要不然像小培這樣的千金哪能毫髮無傷？」

林之揚當然最瞭解自己的女兒，只是他愛女心切才訓了田尋幾句，現在他臉色稍平，對大家說：「好了，既然大家都平安那是最好不過的事，我們進去吧！」幾人走進別墅。

一個女傭走到林振文面前說：「先生，晚餐都準備好了，可以開飯嗎？」林振文說：「好的，現在就開飯吧。」幾人在女傭帶領下走向餐廳，原來那放著銀燭台的大廳就是餐廳，現在卻不是剛才那種昏暗的氣氛，餐桌上燈火明亮，擺了很多菜餚，碟盞齊全。

林之揚洗過手後回來在中央首座坐下，林振文和小培挨著他分坐左右，田尋和依凡在右首，姜虎在左首挨著林振文。

林振文對林教授說：「爸爸，這位就是姜虎，成功抓捕丘立三的人。」

林教授向姜虎點了點頭，說：「你立了大功，多謝你了。」姜虎連忙站起來回禮。

# 第三十六章　劫後重聚

林振文說：「這是我父親林之揚，你也應該有所耳聞，家父在中國文物界，也算是數一數二的大人物，尤其是對漢代文物的認定和鑑賞方面，他老人家是絕對的權威，在這個領域中，家父說自己是第二，恐怕沒人敢稱第一。」

林之揚微一擺手，說：「什麼權威不敢當，不過多混了幾年日子，多看過幾件文物罷了。」餐桌上林林總總都是中餐裡的名菜，如：銀耳冬瓜湯、素什錦、御扇豆黃，還有貝茸蘆筍等足有二十幾味，滿滿當當擺了一大桌子。幾人看著桌上的菜，心裡暗想：怎麼全都是素菜，沒有一丁點肉？

林振文似乎看出了大家的想法，他哈哈一笑，說：「我父親喜歡吃中餐，不像我平時愛吃西餐，在這種歐式建築裡吃中餐，也算是土洋結合吧！他老人家長年吃素，每次他來我這裡吃飯，都不許我吃葷，我也沒有辦法，看來你們也得跟著倒霉，就多吃幾碗飯找找平衡吧，哈哈哈！」

林之揚說：「現代人吃飯大多是無肉不歡、胡吃海喝，殊不知肉這種東西對身體害處極大，你沒見現在的人患各種嚴重疾病越來越多，年紀輕輕就患糖尿病、白血病、高血壓，這都是高脂肪食品造成的。人的體液呈弱鹼性，素食也是鹼性，而肉是酸性，所以人這種生物天性就適合吃素才能長壽，你們懂嗎？」

林振文嘿嘿笑了，說：「對，您說的對，所以每次您來了，我都不敢吃肉。等您走了我再偷著吃。」

林之揚「哼」了一聲，向大家略伸手，示意可以自便用餐，大家也實在都是餓得不行，從在碼頭上船到現在也沒吃過正經的飽飯，於是都專心吃起飯來，尤其是姜虎食量大，簡直是風捲殘雲，只有依凡還保持著淑女的樣子。

林教授看著姜虎狼吞虎嚥的吃相，臉上略見不快之色，林振文連忙小聲對父親說：「老爸，他們為了追捕丘立三出生入死，曾經在南海上漂泊了幾天幾夜，僅靠漿果為食，要不是碰巧被漁民救起，恐怕早就餓死荒島了。」

林教授「哦」了一聲，臉色稍平。他說：「振文，你為什麼不讓我先看看那個搶匪？我很想知道抓來的這個究竟是不是當初來我家的那人。」

林振文說：「爸，我看過了，憑那脖子上的刀疤和缺半邊眉毛就錯不了。我是想讓您明天再見他，怕影響您的食慾。」

林之揚點點頭，說：「好，那就先吃飯。來，大家乾一杯酒。」說完舉起酒杯，旁邊的女傭早給大家在水晶酒杯中倒滿紅酒，大家一起共飲。雖然桌上沒有肉，但每道菜都做得十分可口，大家差點把舌頭都吞了下去。

# 第三十六章　劫後重聚

吃過了飯，大家又移步到別墅大廳內分別坐下。

林教授說：「振文，你該給我講一遍他們在南海的經歷了吧？」

林振文說：「那可是很長的一段啊，看來要難為我了。」

田尋說：「讓我來給林教授講吧。」

林振文喜出望外，於是田尋從頭至底地講了一遍，在這過程中，小培不停地插言，兩人好似在說相聲。田尋口舌敏捷、表達能力又強，直聽得林教授全神貫注、驚嘆不已。

林振文笑著說：「爸爸，田尋講的可比姜虎講的好聽多了。」

林教授說：「你們在南中國海域遇到的那個大海怪，具體是什麼樣的？」田尋向林教授仔細形容了海怪的模樣，林教授略一沉思，讓女傭去樓上書房取回一本厚厚的書回來，他說：「這本書上有一些相關的圖片，你看看與哪個近似。」

田尋接過書，見封面上印著「地球遠古生物圖集」幾個字，他翻開來，每頁都是印刷精美的彩圖，上面都是一些千奇百怪的各種生物，大多數根本沒見過。田尋、依凡和姜虎三人共同翻閱著，忽然頁圖上出現一個整版的大圖，大家見了此圖頓時吃了一驚。

姜虎驚魂未定地說：「就……就是這個怪物！燒成灰我也認得。」

田尋將書遞上，林振文接過一看，只見該頁的大標題赫然印著「Archaea Ottoia——航海者的噩夢」，下面還配了張大圖，是手繪的一幅板畫，在巨浪滔天的海面上，一艘貨輪正在巨浪中苦苦掙扎，而一個巨大的怪物半浮於海面之上，十多條長長的觸腕張牙舞爪地纏著貨輪，身形竟比貨輪還大出十幾倍。

林振文看後也嚇了一跳，問道：「父親，這是什麼生物？居然這麼大？」

林教授說：「按你的描述，這個巨大的怪物很可能就是傳說中的遠古巨型章魚的近親『奧特瓦』類，英文名叫Archaea Ottoia，也就是這圖片上的東西。這種生於大海最深處的奧特瓦類常常是海員最害怕的，不過絕大多數海員一生中都不曾見過牠的模樣。牠在幽暗的海裡神出鬼沒，不僅僅身體龐大，胃口也驚人，一次吞噬千百人不成問題，牠只吸食獵物體內的液體物質，是個名副其實的『吸血鬼』。」

田尋說：「沒錯！我待的那艘船上原本有十幾具屍體，都被那怪物給生生吞掉了，過後還吐出那些屍體的骨頭，還都是帶著血肉的，十分噁心。」

林教授點點頭：「是的，這種巨型軟體動物叫聲很像牛，長得像章魚，生有多隻粗壯而靈活的觸腕，每個觸腕末端都有口，牠像蛇一樣將抓到的獵物囫圇吞下。身體表面分泌一種黏稠的物質，起潤滑劑的作用，使其行動更迅捷。牠並不是將獵物撕碎吃掉，而是將其體內的液體物質活活吸走，最後再把骨髓吸乾。」

## 第三十六章　劫後重聚

依凡不禁打了個寒噤，說：「太可怕了！世界上居然有這種恐怖的東西！」

林教授對她說：「這種怪物也很有意思，據生物學家研究發現，在幾千米深的海底，牠的體型不過只有鉛筆頭大小，而在兩萬米深處的奧特瓦可以將一頭鯨魚吞掉，你們在南海遇到的那個，我估計至少是身處在三萬米以下最深海底的奧特瓦類，海中生物就是這樣，越深的地方，生物的體型就越巨大，因為海水深處有極強的水壓，體型小的生物根本無法在幾萬個水壓下生存，長時間的自然進化，使得深海裡的生物都超出了我們的想像，由於人們現在還很難潛到幾萬米深的海底，所以有相當一部分的深海生物，我們都不認識。」

姜虎心有餘悸地說：「原來是這樣，那我見到的那個奧什麼瓦，還是個千載難逢的傢伙呢！不過，現在一提那怪物來，我這渾身就發抖，今天早上在碣石村看到漁民捕到了一些小章魚，都把我嚇得夠嗆，可能是落下病根，今後我是再也不敢吃魷魚了。」大家都大笑起來。

林振文問：「父親，那荒島上的很多生物大陸都沒有，這是什麼原因？」

林教授說：「雖然現在已經是資訊時代，可這地球上仍有很多神祕的東西我們並不瞭解，尤其是原始森林、海上孤島這些人跡罕至的地方，很可能存在著史前未滅絕的生物。你們到的那個荒島，其實就是一個史前的生物樂園，地圖上是找不到的，那些巨型的生物可能是基因變異的個體，如：蝗蟲、跳蚤、蟾蜍和蚊子等。尤其那種巨鳥，我知道在大約五千五百萬年前，有一種古老的鳥類叫巨型不飛鳥，英文名稱是Diatryma Gigantean，這種不會飛翔的史前巨鳥站起來有兩米多高，在北美和西歐的恐龍滅絕之後，這種不飛鳥就成了最兇殘的捕食者，牠們奔跑速度能達到時速七十公里，甚至能夠捕獵現代馬的祖先。」

田尋等人聽了都嚇得心驚肉跳，林振文笑著說：「田兄弟，你們三人的福氣太厚了，居然能從那種地方逃命出來，實在令人佩服！」

小培搶著說：「還有我呢，我也有福氣！」

林教授罵道：「還福氣？我一看到妳就有氣！」小培向他扮了個鬼臉。

忽然，依凡想起了在荒島上發現的日軍工事，於是向林教授提起，姜虎也說：「那個軍事基地規模不大，營房也很少，按理說那種荒島沒什麼可發展的價值，連起落飛機都沒條件，真不知道修那種基地有什麼用。」

林教授說：「有可能是日軍在東南亞戰場上的中轉站，太平洋戰爭時整個亞洲都是日本的戰場，到處都有日軍基地，那也不是什麼新鮮事。」

田尋說：「後來我們在小孤島上發現了一艘德軍的軍艦殘骸，從裡面的信息推斷，應該是叫做『提爾皮斯號』，而在日軍基地的一份日文文件上也提到過這個提爾

## 第三十六章　劫後重聚

皮斯號，他們之間會有什麼聯繫嗎？」

「哦，有這樣的事？那文件的內容你們還記得嗎？」

依凡努力地回憶那文件內容，說：「我記得好像是：提爾皮斯號艦運送武器到基地，務必妥善安置、不得損壞，違令者處死。另有物理學家幾名，請完成天皇的任務，讓大東亞聖戰圓滿達成——山下奉文，一九四二年二月十二日。」

林振文問道：「山下奉文是日本的將軍嗎？」

林教授說：「這個山下奉文我太熟悉了，他在太平洋戰爭中曾任菲律賓方面軍的總司令，大將軍銜，在東南亞搜刮了無數金銀珠寶，後來都藏在菲律賓的碧瑤大山裡，戰後被軍事法庭絞死，那些珠寶在八十年代被一些美國人都挖了去，真是可惜。」

林振文說：「德國的軍艦給日本人會運輸什麼呢？應該是軍火吧？」

林教授說：「德國和日本在二戰時同屬軸心國，但還從沒聽說過德國要往日本送軍火，因為德國戰爭物資一向缺乏，後期希特勒的戰敗也與這個原因有關。」

依凡說：「那會運送什麼呢？」

田尋說：「對這件事，我忽然有了種大膽的想法。」

眾人都問：「什麼想法？」

田尋說：「我以前看過一些資料，上面說納粹德國在二戰時曾經也祕密研製過原子彈，可因為沒有製造重水的機器導致失敗；而日本也有過類似的研究，但日本國礦藏缺乏，沒有原料鈾元素，所以最後也沒有成功。我的推測是這樣：會不會是德國和日本曾經祕密達成過某種協定：德國向日本提供鈾，而日本給德國重水，這樣兩國就都可以造出原子彈了，一舉改變戰局！」

這番話令在座的人都驚訝不已，林振文說：「田兄弟，你總是能說出有創造性的觀點，但推測只限於推測，這個觀點是否能站得住腳？」

田尋說：「當然只是推測，但我也有些根據。比如說，那篇文件裡說過：提爾皮斯號艦運送武器到基地，務必妥善安置、不得損壞，違令者處死。另有物理學家幾名……這句話就有很多可疑之處，如果是常規武器，也沒有必要補充什麼『必妥善安置、不得損壞』之類的話，更談不上『違令者處死』了，除非這種武器很特殊，也很稀少；再者說派了四名物理學家有什麼用？戰爭中研究武器的人叫兵器專家，而只有研究核武器才用得上物理學家，這也令人生疑。」

林教授對他的話很感興趣，說：「有道理，繼續說！」

# 第三十七章　推斷

田尋接著說道：「我們在工事的地下倉庫裡曾經看到一扇鐵門，上面塗有黑黃雙色的斜向條紋，還有輻射警告標誌，這就是鐵證了。」

林教授奇道：「哦，有這種事？那你進去看了嗎，裡面有什麼東西？」

田尋笑著說：「林教授，我雖然也很好奇，但畢竟化學元素輻射可不是鬧著玩的，所以我們沒有冒險進去看。」

林教授尷尬地笑了笑，說：「對對，是我老糊塗了，哈哈！」

忽然姜虎說：「對了，我和丘立三去那個藏寶洞時，就發現在財寶附近有很多身著日式軍服的骷髏和日本槍枝，那軍服都腐朽了，會不會有什麼關係？」

林教授一拍桌子把大夥嚇了一跳，他說：「我明白了！我明白了！」

大家不明就裡，都看著林教授。

林教授說：「德國把鈾運給了小日本，日本人就在那鬼島上建了個祕密基地，因為研究原子彈不需要很多軍隊，所以那基地規模很小，而且用物理學家。可那些日本人發現了島上的藏寶洞，於是就冒險進洞去尋寶，結果出了岔錯，都被毒蛇給咬死了。一九四二年六月美國中途島戰勝，從那之後日本失去了東南亞海面的主動權，也就無法繼續派人前往荒島，那些鈾原料在地下倉庫中天長日久洩漏出來，結果島上的生物發生了個體變異，變得很大，也就是你們所見到的那些動植物種類了。」

聽了林教授的推理，大家都面面相覷，驚奇萬分。

田尋激動地說：「您推理得太有道理了，我完全相信！」

忽然依凡驚叫起來，說：「哎呀，我們都喝過那島上的水，吃過島上的漿果和椰子，那我們會不會也被輻射了啊？」

田尋和姜虎也緊張起來，小培更是大叫：「爸爸，我也喝過水呀，怎麼辦？我可不要變得那麼大，多難看啊！」

林振文也緊張地看著林教授，林教授卻哈哈大笑，說：「這個你們不用擔心。像鈾這些元素在洩漏之後，很快會被動、植物所吸收，一般在數年之後就不會有什麼影響了，比如美國的原子彈試驗在太平洋的比基尼島，當時造成了很多居民生病。現在幾十年過去了，島上的人和動植物又都恢復了正常，他們的血液基因中也沒有變異成分。」

依凡說：「可如果那些原料並不是當時就洩漏，而是在最近幾年才洩漏的呢？我們都喝過那島上的水，豈不是很危險？」

## 第三十七章　推斷

林教授說：「動物的變異不會那麼快，至少也得十年以上，再說，即使水和食物中受過輻射，只飲用一、兩次也是無關緊要的，你們只在島上待過兩天，完全不用擔心自己的身體。」

小培吐了口氣，自言自語地說：「還好了，不用擔心自己變成大象……」

大家都笑了，林教授打了她腦袋一下，笑著說：「妳這個臭丫頭，我真是拿妳沒辦法。」

姜虎說：「林教授，為什麼受了輻射的動物都會變大，而不是變小呢？」

林教授說：「這取決於鈾元素的特性，鈾的特性是裂變，而不是聚變，所以被輻射的生物也會產生ＤＮＡ裂變行為，於是就變大了，這在比基尼島上也有過例子。」

田尋又問：「如果說德軍給日本運過核原料，那日本是不是也應該給德軍送點什麼，歷史有記載嗎？」

林教授說：「這事在史料上有過記載，一九四二年二月的一天，德軍滿載著重水的一艘船在挪威海附近被美國特工炸沉，因此希特勒也就沒製成原子彈。很多戰爭學家都認為，那些重水就是日本給提供的。」

姜虎說：「太幸運了！幸虧這兩個好戰國的計畫都失敗了，要不然，現在的世界格局還指不定是什麼樣子呢。」

田尋說：「這趟南海之行真是冒險非常，不過也大開了眼界。」

林教授說：「南中國海域在世界上也是個謎，裡面有很多我們不瞭解的東西。據說南中國海最深的地方比馬里亞納海溝還深，把珠穆朗瑪峰裝裡頭，連山尖都露不出來。」

姜虎說：「林教授，那我們在海上遇到的那艘鬼船又是怎麼回事？」

林教授說：「這種幽靈船，幾十年來各個國家都有不同的報導，尤其是北歐國家如：挪威、冰島、芬蘭等。我不是物理學家，這種現象我不好解釋，以我個人看法，可能是地球上的某一時空在一瞬間發生了扭曲，進入了另一個平行的空間，在這個空間裡可能只是幾秒鐘，而從空間出來時，地球上卻已過了十幾年。南中國海上經常會有強烈的閃電風暴，也許正是這種閃電，增加了空間扭曲的可能性。」

田尋說：「記得我小時候看過一些科技畫報，說在上個世紀三、四十年代法國軍隊在山上行軍，經過一團雲霧後就再也沒出來，上千人就這麼沒了，可能也是這個原因吧！幸好沒讓我碰上。」

大家又聊了會兒，依凡忽然問道：「林教授，我們抓到的那個丘立三，他偷了您什麼文物？」

林教授臉色稍變，隨即又恢復平靜，他說：「那文物其實也不是太值錢，但那是

# 第三十七章　推斷

我家傳幾代的東西，我一直視如珍寶，所以我必須要想辦法將它追回來，但又不想驚動警方，因為那樣只會讓盜賊儘快出手，如果被賣到了國外，那就不只是我個人的損失，同時也是國家的損失。依凡小姐是《西安日報》的記者，這次南海之行妳也冒了很多險，我林之揚非常感謝，但我有個請求，就是不希望依凡小姐把此事見諸報端，以免打草驚蛇，不知道可不可以？」

依凡說：「這個就請林教授放心，我是不會向社裡通報的，追回國家的文物也是我們每個中國人的責任，為了這個，我們冒的險也值了。」

林教授非常感動，他說：「依凡小姐真是女中巾幗，令我等鬚眉汗顏啊！不知道依凡小姐和田尋是怎麼相識的？」

依凡說：「田尋在雜誌上發表過一篇叫《天國寶藏》的文章，在社會上引起了很大反響，所以社裡派我到瀋陽專程給他做專訪，是這麼認識的。」

林教授「哦」了聲。

忽然，小培大聲說：「喂，那天在我家裡，妳說是來採訪我爸爸，和田尋剛認識的，原來妳在騙我？」

田尋心裡暗暗叫苦，沒想到小培的記性也不錯，居然還記得那天的話，他連忙說：「那天不是怕妳亂發脾氣嗎？才這麼說的。」

小培板著臉說：「我就知道你向著她，她比我漂亮是嗎？」

林振文斥道：「小培，妳怎麼能這麼說話？多讓人家笑話！」

小培傲慢地說：「誰敢笑話我？哼！」

林教授突然一拍桌子，說：「林小培！給我滾回房間睡覺去，別在這裡丟人現眼！」

小培大怒，還要說什麼，林振文一使眼色，兩個女傭架著她強行帶走上樓，從樓上還隱隱傳來她大喊大叫的聲音，令在座的人無不目瞪口呆。

林教授尷尬地說：「讓大家見笑了！我這個女兒從小沒有了母親，我對她又太嬌慣，所以現在有點管束不了，唉！」

林振文笑著說：「這樣也不錯，至少在外面沒人敢欺侮她嘛，哈哈哈！」

林教授說：「那還不都是看我林之揚的面子？像她這個脾氣，如果沒有我和你做靠山，誰肯讓著她？哼！」這幾句話倒是實打實的真話，田尋和依凡不禁都佩服這林教授的氣度。

依凡又問：「林教授對那個丘立三要怎麼處置呢？是不是要自己審問？」

林教授說：「當然不是！我是個守法公民，怎麼會私設公堂呢？明天我就把他交到公安局，讓他交代文物的下落。」

## 第三十七章　推斷

依凡說：「丘立三並沒有對我們說出他的幕後指使是什麼人，但提到過一個姓尤的人，不知道是不是線索？」

林教授說：「那就是警方的事情了，像我們公民應該不用過多操心，妳說呢依凡小姐？」他這話軟中帶硬，明顯是在提醒依凡不要提太多問題。

依凡說：「您說的對，希望您的文物能順利追回，到那時我再給林教授多宣傳宣傳。」

林教授笑著說：「就這麼定了！」

姜虎忽然想起身上的那些珠寶，於是從口袋裡都掏出來放在桌上，說：「林教授，您幫我看看這些東西能值多少錢，都是從那島上的藏寶洞裡帶出來的。」

林振文笑著說：「姜兄弟，你知道在西安我爸爸替人鑑定一件古玩的費用是多少嗎？兩萬元哪！」

林之揚擺擺手，接過珠寶說：「不要開玩笑，這是幫過我們大忙的人，我來看看。」

林教授看著這些東西，對田尋說：「那藏寶洞裡除了珠寶之外，還有什麼東西嗎？」

田尋說：「除了珠寶和日本兵的殘骸，沒有什麼別的線索，不過我們在島岸邊發現過老式的單筒望遠鏡和海盜彎刀，難道有什麼聯繫？」

林教授說：「這就對了，我也覺得那藏寶洞像是海盜留下的，兩百年前的東南亞海盜橫行，搶過不少貨船，後來連西班牙的商船也不放過，他們一般習慣把戰利品藏在海中的某個荒島中，結果被你們給碰上了。」

姜虎說：「太可惜了，以後有機會我們開幾架飛機過去，把那些珠寶都運回來！」大家都笑了。

林教授邊看珠寶邊說：「這是珍珠項鍊，像是菲律賓一帶的，每顆珠子都同樣大小，很難得……這是純金絲纏手鐲，有泰國風格……這是紅寶石戒指，典型的緬甸樣式……這個，嗯？」

林教授看到那個翡翠佛像後臉色大變，翻來覆去看了半天，忽然臉上變色，厲聲道：「你這是從哪裡得來的？快說！」

姜虎見老頭如此緊張，嚇了一跳。林振文也緊張起來，說：「父親，怎麼了？」

姜虎說：「這……這也是在那個島上撿來的。」

林之揚說：「到底怎麼回事？快告訴我，說實話！」

田尋把在山洞發現死人枯骨和錢包的事說了一遍，林教授靜靜地聽著，臉上神色慢慢緩和。他將頭往椅子上一靠，閉上眼睛。

# 第三十七章　推斷

林振文不解地問：「老爸，究竟怎麼了？」

林教授說：「你還記得福州那個詹老闆嗎？」

林振文撓撓腦袋，說：「詹老闆？就是那個福州最大的古玩店『福寶齋』大老闆詹惲？五年前出海去菲律賓就沒回來的那個？」

林教授點頭說：「對，這翡翠佛像六年前我曾在他家中見過，那時他剛從香港一個古董商手中買下，經我倆共同鑑定，這是十七世紀緬甸貢邦王朝的皇室用物，用料乃是緬甸上好的祖母綠翡翠，光是這原料就價值不菲，你再看它的雕工，這佛像頭上的髮髻，歷歷清晰可見。當年他用了三十萬元買下，實在是和白撿的一樣。我當時就出五十萬元讓他割愛，可他不肯。五年前他和他大兒子出海去菲律賓尋找古董，結果就再也沒回來，卻沒想到他是死在了那個荒島上，這真是冥冥之中有天意，這佛像最終竟又讓我看見。」

大家一聽，也覺得實在是世事無常。林教授又說：「那詹老闆死後，詹家的產業也一年不如一年，後來他的小兒子又在生意中被人矇騙，賠掉了大半的家產，據說，現在他們全家都住在租來的舊公寓中度日，唉。如果你肯出手的話，我給你六十萬元，你把佛像賣給我，也算是給我留一個紀念。」姜虎當然巴不得賣給他，連忙答應下來。

林教授又說：「其他的這些珠寶市價大約值一百五十萬左右，如果你願意一併賣掉也可以。」姜虎連聲說好。

林振文笑著對田尋說：「你們二位怎麼運氣這麼差？一件東西也沒分到嗎？」

田尋說：「不是不想得到，只是覺得那種時候對錢不太有興趣，覺得錢會把運氣變差。」

林教授知道田尋沒有跟依凡說起過毗山之行的事，所以連忙岔開話題，說：「田尋有這樣的心胸真是難得，今晚天也不早了，大家就在寒舍休息一晚，明天我讓振文安排人送各位回家，另外我還有些不成敬意的禮物送給幾位，希望大家不要推辭。」

田尋道了謝，女傭過來先帶田尋和依凡上了樓，姜虎留在客廳裡。

林振文說：「姜虎，你受雇於我們，現在圓滿完成任務，我們按照事先的約定給你一百萬元報酬，再加上珠寶，共三百一十萬。明天一早我會派人送你到銀行，他會把三百一十萬元的銀行本票轉到你個人戶頭，我們也就誰也不欠誰了。不過，你為我們林家所做的一切事情，我還是希望你能守口如瓶，最好就當它沒發生過，如果你向其他人提起，給我們林家帶來麻煩，後果你也應該能預想得到。」

姜虎心裡的一塊石頭落了地，他一直擔心這些人會賴帳，不過現在看是多餘了，連忙應承下來。

## 第三十七章　推斷

姜虎端起茶杯低頭喝茶，林教授偷偷向林振文使個眼色，林振文會意，說：「對了姜虎兄弟，丘立三跟你說起過，雇用他的主家是誰，叫什麼名字？」

姜虎搖搖頭：「沒說過。我問起過幾次，可他死活不肯說，我就知道那人姓尤，他稱之為『尤哥』，其他的一概不知。」

林家父子對視，林振文又問：「那你家在哪裡？家裡還有些什麼人嗎？這次出來行動，有沒有安頓好家人？」

姜虎放下茶杯，說：「我是天津人，父親早亡，還有兩個哥哥，但都得了重病死了，現在就剩下一個老母親，她已經七十八歲了，患了老年癡呆症，記性不太好，有時甚至連我回家都認不出來了。我這次接這個任務，也是想多賺點錢，好把我老媽接到北京去，找個大醫院好好治治病。我小時候家裡很窮，老母親拉拔我們長大不容易，現在世上我就這一個親人了，我怕她時日不多，以後就盡不到孝道了。」

林振文說：「姜兄弟說的沒錯，我們這些做兒女的是應該在雙親健在時多孝敬點。」

林教授點點頭，林振文讓女傭帶著他上樓去了。

# 第三十八章　俏女傭的誘惑

兩人目送姜虎離開，林教授說：「田尋這個年輕人素質不錯，學識也行，更主要的是人品端正，心思縝密，雖然他的文物知識比不了專家，但他在關鍵時刻總能夠保持冷靜的頭腦和宏觀的判斷，這就是個難得的可塑之才。」

林振文笑著說：「我看還有更重要的原因吧？」

林教授說：「什麼原因？」

林振文說：「小培可是喜歡得不得了哦！」

林教授沮喪地說：「原先我還以為小培對他的感情只是新鮮而已，可現在經過了南海的冒險經歷，小培對他的感情又深了很多。剛才在餐桌上，我見小培看田尋的眼神中充滿了溫情。說實話，這種溫情我已經很少在她身上看到過了，完全不同於新鮮交往的那種感情，看來，她對田尋是動了真情了，唉，這可是一個危險的兆頭啊！」

林振文說：「那還不好嗎？小培一向嬌生慣養，可我看她對田尋卻很少發脾氣，可能田尋就是能管束她的那個人，我還真希望小培能嫁給他。」

林教授說：「你真這麼想？可是他的家庭能配得上我們嗎？」

## 第三十八章　俏女傭的誘惑

林振文說：「父親啊，現在都什麼時代了，你還老觀念？我老婆杏麗不也是普通人家的女兒嗎？他家沒錢，大不了我們多幫他點，對我們家來說幾百萬算不了什麼，對他們來說那就是天文數字了。」

林教授點點頭，說：「這件事情我會考慮的，明天你給那個依凡小姐十萬元錢送她回西安，另外派人暗中盯著她，好好查下她的底子，我總覺得她為人太精明，有點心裡沒底。」

林振文說：「那田尋呢？」

林教授說：「給他二十萬元，送他回瀋陽，也派人盯著他，看他都有些什麼舉動。」

林振文說：「對了，剛才你向我使眼色，意思是……」

林教授說：「這個姜虎最後能安然生還，其福分也不小，今後我們很有可能會用得上，但還需要試他一試，你就按我這個主意辦……」

一名年輕女傭帶著姜虎上到三樓的臥房裡，輕輕在牆上一摸，亮起了淡淡的金黃色燈光，這房間的擺設雖然沒有大廳那麼奢華，佈局卻十分清淡雅致。

女傭說：「姜先生今晚就請在這間房內休息，裡面有單獨的衛生間和浴室，姜先生請隨意，但沒事最好不要到其他房間去，如果需要我的服務，可以按一下門邊的按鈕，我會馬上過來，晚安。」說完女傭走了。

姜虎看了看寬大的床，往上一躺，感覺非常舒適。他看到對面有一扇落地窗，拉著半透明的淡黃色窗簾，他起來走過去拉開窗簾，原來這窗戶正對著城堡別墅後面的樹林。此時明月當空，樹林、小河，還有草地都被罩上一層淡淡的月光，真是夜景如畫，有如身處夢中一般。姜虎欣賞著景色，心說：這有錢人就是會享受，明天我得到了錢，馬上坐飛機回天津，先給我媽買一座大房子，對，也像這別墅一樣，後邊帶樹林的。

正想著，忽然有人敲門。姜虎問了一聲誰，一個女人的聲音說：「姜先生，我是剛才的女傭。」

姜虎開了門，那年輕的女傭端著一個托盤進來，上面放著一瓶紅酒，還有幾樣精緻的點心。

女傭將托盤放在茶几上，說：「老爺和先生被附近的一個朋友約去打牌了，今晚可能不會回來，先生吩咐我給姜先生送些夜宵來。」

姜虎感謝地說：「太麻煩了，真不好意思。」

# 第三十八章　俏女傭的誘惑

女傭甜甜一笑，說：「這是應該的。如果姜先生覺得一個人悶的話，我可以陪先生聊會兒天。」姜虎正愁沒人說話，於是連忙讓她坐下。

這女傭看上去不到三十歲的模樣，皮膚非常好，容貌秀麗、身材高挑，雖然穿著一身西式傭人服裝，卻難掩她那凹凸有致的身材。

姜虎問道：「妳叫什麼名字？多大了？聽妳的口音，好像是黑龍江人。」

女傭說：「先生你太厲害了！我叫于冰，今年二十八歲，是哈爾濱人。」

姜虎說：「怪不得妳有這麼高挑的身材，南方女人可沒有妳這樣的海拔。我叫姜虎，天津人。」

于冰笑了，給姜虎倒了一杯酒，姜虎又從茶几上拿過一個酒杯，也給她倒了一杯，說：「妳可以陪我喝一杯嗎？林先生不會怪妳吧？」

于冰說：「沒關係的，林先生平時對我們很好，再說你是客人，為你服務也是我的本分。」

姜虎端起酒杯，和她碰了一下杯，喝了口酒說：「林老爺子和林先生他們都去打牌了？」

于冰也抿了一小口，點頭說：「是的，那人也是住在附近的一個大老闆，聽說是搞房地產的，西安一半的地產都由他經營，很厲害！他們平時經常來往，釣魚、打獵啊什麼的。」

姜虎說：「對了，這裡是西安什麼地方？」

于冰說：「你不知道嗎？這是咸陽，不是西安！」

姜虎這才知道原來這幢城堡別墅坐落在咸陽，而不是西安。

聊了一會兒，姜虎邀她一起欣賞落地窗外的夜景。兩人站在窗前，喝著紅酒，倒也愜意。

姜虎問：「妳在這別墅裡工作幾年了？」

于冰嘆了口氣，說：「我二十四歲就來這裡，今年整四年了。」

姜虎說：「那妳結婚了嗎？」于冰搖搖頭。

姜虎說：「妳也不小了，該考慮自己的事了，妳這麼漂亮，一定會找到個相當優秀的老公。」

于冰羞澀地笑了，說：「我長得可不漂亮，一看你就是在說假話。」

姜虎說：「女人的美不光在臉蛋，而在於氣質和身材。」

于冰笑著說：「你的嘴可真甜，一定有不少女人被你騙到了吧？哈哈！」

姜虎也笑了，說：「妳在這裡工作得開心嗎？」

于冰撇了撇嘴，說：「每天除了收拾房間，打掃衛生，就是為客人端茶倒水，整

## 第三十八章　俏女傭的誘惑

理衣櫃，倒是不累，只是一天到晚連個說話的人都沒有，實在是覺得苦悶無聊。

我喜歡跳舞，本來我是想考舞蹈學院的，可是為了供養我生病的母親和上大學的弟弟，這裡還有一份可觀的薪水可拿，我才待在這個死氣沉沉的城堡裡。」

姜虎「哦」一聲，嘆了口氣，說：「那妳也挺不容易的，為了家人，放棄了自己的青春和理想，唉，有的時候，人不得不犧牲理想，去向現實屈服。」

于冰聽到他這樣理解自己，眼圈有點紅了，心下頗是感動。

喝完一杯酒，于冰的臉上帶了一層淡淡的紅暈，姜虎不由得誇獎說：「妳現在更美了。」

她羞赧地說：「我該回去了，頭都覺得有點暈了。」

姜虎還有點捨不得她，拉過她的手說：「再多陪我一會兒吧。我明天就要走了，估計今後也沒機會再見到妳了。」

于冰輕輕抽回手，過了一會兒，說：「你真想和我在一起，晚上十一點按鈴，那時其他人都睡下了，我再來找你。不過千萬不能讓林先生知道，那樣我會挨罵的。如果不想見我就不用按鈴了。」

姜虎說：「好。」接著于冰出門走了。

姜虎坐在床邊，心裡倒有了些緊張，開始他只是想和這個惹人喜愛的俏女傭多聊會兒天，可沒想到她竟然同意深夜再來找他，這倒是他始料未及的。看了看桌上的德國座鐘，十點。他心想：這是林振文的家，他出大價錢讓我替他辦事，但我卻在他的家裡泡他的女傭，多少有些不太妥當。可于冰又實在太美、太有誘惑力了，而且一夜風流之後，明天就各奔東西，也不會有人知道，我到底要不要找她？

他在房間裡來回地走，左右拿不定主意。時間過得很快，一轉眼就已經十一點鐘了。姜虎想了想，一狠心，鬼使神差地按下了門旁的鈴，並關了燈躺在床上，又將房門開了條縫，窗外的月光灑進屋內，斜照在地板上。

不一會兒，門慢慢地被推開，進來一個女人，穿著一件半透明的吊帶睡裙，樣式十分性感。姜虎躺在床上一看，正是于冰，此時的她長長的頭髮散在腰間，透過睡裙能看見她裡面什麼也沒有穿，胸前低低的蕾絲領口處露出大半個堅挺飽滿的胸部，在淡淡的月光下，顯得嫵媚無比，性感迷人，姜虎不覺看得癡了。

于冰走到床前，向他微微一笑，說：「傻瓜，在看什麼？」

姜虎坐起來，輕輕握住她的腰，說：「妳真美！就像畫上的女神仙。」

于冰宛然一笑，說：「那你看到神仙了，還不跪下？」姜虎點了點頭，果真跪在了她的面前。于冰咯咯地笑了，抱著姜虎的頭，姜虎將頭貼在她柔軟的小腹上，閉上眼睛，心裡十分甜蜜。他的手順著于冰的腰向上遊動，不覺摸到了她飽滿的胸部，于

# 第三十八章　俏女傭的誘惑

冰身體輕輕顫抖了一下，姜虎呼吸急促，雙手握著她豐滿的乳房，不停地吻著她的胸口、小腹和脖子。

于冰渾身火熱，喃喃地說：「抱我上床。」

姜虎抱起她，放在床上，將手伸到她短睡裙裡撫摸她的大腿，再低下頭吻她的大腿根，于冰身體扭動著，輕聲呻吟，雙手按著姜虎的頭。

于冰美妙的大腿圓潤結實，又富有彈性，不知怎的，這讓姜虎竟然聯想起了在南海面上那大海怪的觸腕，也是這樣的圓滾滾，有彈性……

忽然，他心裡一驚，眼前似乎浮現出了丁會的身影，他冷笑著對姜虎說：「姜軍長，我倆一塊出生入死，就是為了那一百萬賞金，好接濟我們那些死去的戰友，可現在我死了，你卻躲在東家的宅院裡拿他的錢，還風流快活，泡他的女傭人，姜軍長啊姜軍長，你真對得起我！」

姜虎身體猛地一顫，像被人兜頭潑了一桶冷水，滿腔的慾望頓時都消失了，他一骨碌爬起來，跑到落地窗邊，大口地喘著氣。

于冰被他的反常舉動搞得不解，支起半個身子問道：「你怎麼了？」

姜虎雙手扶著窗台，邊喘氣邊說：「我不能這麼做，我對不起我死去的兄弟……」

于冰疑惑地說：「你到底在說什麼？我不明白。」

姜虎頭也不回，一擺手說：「妳走吧！我不能和妳這樣！」

于冰也生氣了，她從床上跳下，站起來大聲說：「你當我是什麼？妓女嗎？讓我來我就來，讓我走就走？你以為你自己是情聖？白癡！」

說完，于冰快步離開了房間，「砰」的一聲關上了門。

姜虎慢慢回到床邊，頹然倒在床上。

次日清晨，姜虎被敲門聲叫醒，開門一看是個中年女傭端著早餐，對姜虎說：「姜先生請先洗個澡，洗漱過後吃早飯，林先生已在樓下等候。」說完轉身出門。

姜虎洗完澡、吃完飯，出了房門有女傭帶他下樓，姜虎心中暗想，不知道于冰現在在哪裡，是不是生了很大的氣。

到了大廳，林振文早已在廳中喝茶看報，見姜虎進來先讓他坐下。

姜虎問：「田兄弟和依凡呢？」

林振文說：「已經派人先送他們回家了，沒來得及和你打招呼。對了姜虎兄弟，不知道你此次回天津，另有何打算？」

# 第三十八章　俏女傭的誘惑

姜虎說：「不怕你笑話，我打算回天津之後，先為老母親買一所房子，讓她老人家安享晚年，至於我自己，目前還沒什麼確切的打算。」

林振文說：「哦，是這樣，最近我們林家準備投資興建一個大型工業集團，總部暫設在咸陽市，到時候可能會需要一些各個方面的人才，我覺得你膽識過人，又當過兵，熟悉槍械和軍工用品，如果你願意的話，等這個工業集團開始運作，我們希望能夠聯繫到你，加入我們的集團，出一份力。當然，待遇方面一定不會讓你失望，如果你覺得在天津一時沒有什麼好的生意可做，就來咸陽加入我們，怎麼樣？」

姜虎一聽，十分高興：「太好了，我也正在愁回老家之後幹什麼呢！說實話，我就是一個粗人，除了當兵拿槍，再就會打架，這輩子恐怕沒什麼太大出息了，如果你們不嫌棄我，我一定樂意效勞。」

林振文說：「那就說定了！這是我的名片，等你回天津之後，請將你的電話號碼告訴我，如果時機成熟，我會打電話給你。」

林振文送姜虎出了大門，坐進他的美洲虎汽車裡，司機開車駛離了城堡。林振文看著汽車消失，說：「這個人身手不錯，而且美色當前還能坐懷不亂，真難得，我就做不到。」

回到廳中，林振文吩咐手下人把丘立三帶了上來。

丘立三仍舊被捆著手，連雙腳也給綁得牢牢的，一人拉過一張椅子，讓他坐在廳當中。林之揚一見丘立三，眼睛立刻瞪起來了，他站起來湊近丘立三，仔細地上下打量他，旁邊四個手下連忙圍在丘立三跟前，生怕丘立三發難，做出對林教授不利的舉動。

丘立三見林教授像看動物似地看個沒完，突然間哈哈大笑：「老林頭，多日不見哪！怎麼啦？不認識我了？」

林教授聽了，渾身發抖道：「就是他……沒錯，就是這個傢伙，搶了我的天馬飛仙！振文，絕對是這個混蛋！」

林振文笑著說：「父親，你先消消氣，你兒子的辦事效率還是蠻高的吧？趕在警察前頭抓住了他。」

林教授說：「沒錯，這傢伙要是讓珠海市公安局的人逮住了，我還得多費不少精力去和他們要人。現在咱們神不知、鬼不覺地抓到他，你算是立下頭功一件。」

林振文說：「老爹，功勞可不全是我的，如果不是田尋提議去那運屍船，可能現在這傢伙已經到了澳門了！」

林教授點點頭，一擺手說：「先把他帶下去好好審問！」

林振文對幾個隨從說：「帶他下去仔細審問，一定要撬開他的嘴！」幾個隨從又

## 第三十八章　俏女傭的誘惑

將丘立三推推搡搡地帶了下去，丘立三一面走，嘴裡還不停地罵罵咧咧。

下午時分，林教授正在別墅後面的河邊釣魚，身邊站了好幾個隨從。

林振文走到河邊，說：「父親，你今天怎麼有了釣魚的興致？我也來陪你釣一會兒吧！」

林教授看了看他，說：「我不是在釣普通的魚，是在釣一條偷吃了食的魚。」

林振文一愣，隨即大笑起來，說：「我明白了，那我們什麼時候去看看這條魚？」

林之揚放下魚竿，說：「現在就去。」兩人離開小河，走進別墅。

父子兩人從前廳走到後廳，拐到樓梯旁邊，來到一間不大的書房裡，林振文對身邊的隨從說：「嚴密把守這裡，閒雜人等一概不得入內！」

隨後二人關上房門，林振文一推牆上的書架，書架旋轉了半圈，裡面露出一扇暗門。林振文把手指往門上的電子識別器上一按，門「咯嗒」一聲滑開，兩人進入暗門。

# 第三十九章　催眠

暗門裡是一條狹長的階梯，通往地下，階梯盡頭處還有一扇暗門，兩人打開暗門進入，裡面是一間密室，這密室有二十餘平米，一扇厚重的精鋼鐵柵欄門將室內一隔為二，每個欄杆之間僅有不到十公分的空隙，裡面放著一張床、一個坐便，床上頭朝裡躺著丘立三，柵欄外面則擺著桌子，上面放了壺茶水，桌旁站著三個大漢。

兩人分別拖了把椅子坐下，林振文倒了杯茶，說：「別睡了，該幹活了。」床上躺著的人翻了個身，坐了起來，正是丘立三。

林振文問：「招了什麼沒有？」

大漢說：「這傢伙嘴硬得很，怎麼也撬不出東西。」

林之揚見丘立三就有說不出來的氣，他說：「是誰指使你搶走我的文物？快說！」

丘立三伸了個懶腰，「你們既然已經知道了，還問那麼多幹啥。」

林振文一拍桌子，喝道：「丘立三，我可告訴你，在我這兒殺個人和踩死隻螞蟻差不多，你要是跟我耍這套，小心你的狗命！」

## 第三十九章　催眠

丘立三往上一靠，把嘴一撇滿不在乎地說：「我知道，你們都是大老闆、有錢人，你們的命貴，我的命賤。可我就是不說，看你們能把我怎麼樣。」說完，他蹺起二郎腿，腳上的破鞋還不住地畫著圈。他心裡清楚地知道，雖然他的雇主想殺他滅口，但現在如果招了出去，恐怕自己也沒什麼好下場，如果不招，林家也不能把他送到公安局，更不敢殺他。

林振文冷笑一聲：「丘立三，你不說我們也知道是誰，但就是想看看你這個人有沒有誠意，如果你想跟我合作，我們林家不會虧待你的。」

丘立三說：「既然你們都知道了，那還問我有啥用？得了吧，林大老闆，這一套我十年前就玩過了，你還是換點新鮮的吧！」

林振文氣得大怒，說：「我沒時間跟你玩遊戲，你的雇主究竟是誰？他為什麼偏偏要你搶天馬飛仙，而不讓你拿別的更值錢的東西？你把經過一五一十全部說出來！」

丘立三說：「我是收人錢財，替人辦事，其他的我一概不知，你們問也是白問，還把我關在這裡，乾脆就把我給放了吧。」

林之揚看了看林振文，說：「不用浪費時間了，叫醫生進來。」

林振文一按門邊的按鈕，對著麥克風說：「把林奇醫生帶進來。」

不一會兒，門邊的一個紅燈「嘀嘀」閃亮，林振文打開暗門，四個隨從和一個穿褐色西服的外國人走了進來。這外國人大約六十幾歲，頭髮有些花白了，精神嚴肅，一副紳士派頭。林振文用英語對那外國人說了幾句話，老外點了點頭，打開隨身帶來的一個皮箱，取出一個小玻璃藥瓶和一支注射器。

林振文掏出一把鑰匙打開鋼柵欄門，四個身強力壯的隨從走進囚室，丘立三警覺地靠在牆上，問：「你們想幹什麼？」

林振文笑著說：「你不是肋下有傷嗎？我怕你調養不好，特地從美國為你請了一名醫生，給你好好做個檢查。」

丘立三心知他說的話肯定不是真的，更加不安，說：「我……我身體很好，你們少來這套！」

林振文把臉一沉，對那美國醫生說：「給他打針！」美國人點了點頭，四個隨從不由分說，分別抓住丘立三的雙臂和兩腿，按在床上，那美國醫生將注射器在藥瓶裡抽了一些液體，針尖向上輕輕推出空氣。

丘立三嚇得魂不附體，用力掙扎，大聲喊叫：「我沒病，你們要幹什麼？姓林的，你他媽的又想玩什麼花樣？」

四個大漢死死按住丘立三，美國醫生挽起他的袖子，將注射器的針頭扎進丘立三

# 第三十九章　催眠

右臂血管中。

美國醫生注射完畢後，四個隨從仍按著丘立三，丘立三剛開始還在不停地咒罵，四肢亂動，不到五分鐘，他就漸漸無力掙扎了，再過十分鐘左右，丘立三雙眼上翻，嘴唇微動，似醒非醒，似睡非睡。

美國醫生看看手錶，走過去翻起他的眼皮觀察瞳孔，回頭向林振文點了下頭。

林振文對林之揚說：「父親，可以了，進去吧。」

兩人走進囚室，站在丘立三頭側。

美國醫生坐在凳子上，示意四個壯漢離床遠一點，他拿出一個小巧的儀器，伸出幾根電線，將電線盡頭的電極分別貼在丘立三的太陽穴、手腕和心臟部位，自己則湊近丘立三的臉，一邊看著儀器上的數位，一邊緩慢地、操著半生不熟的中國話說：「你現在有什麼感覺？」

丘立三緊閉兩眼，神情木然，喃喃地說：「很睏……想睡覺……」

美國醫生又問：「你是誰？你叫什麼名字？」

丘立三說：「我叫丘立三……人家都叫我『老三』……」

醫生又問：「你是做什麼的？是什麼職業？」

丘立三說：「我沒有職業，誰給我錢，叫我幹什麼都行……」

醫生抬頭對林振文說：「林先生，你可以發問了。但要注意，要一句一句地問，不能一次問太多問題。」

林振文點點頭，在丘立三床邊坐下，問道：「丘立三，今年五月十六號晚上你幹了什麼？」

丘立三好似夢遊地說道：「去西安林之揚教授家，搶了他家的古董『天馬飛仙』。」

林振文又問：「丘立三，誰指使你搶天馬飛仙的？」

丘立三說：「北京金春拍賣集團的大老闆，叫尤全財。」

聽到這個名字，林之揚身體一震，脫口而出：「果然是姓尤的！我早就懷疑是他！」

美國醫生連忙擺手，示意他不可高聲，林之揚強忍怒火，坐了下來。

林振文又問道：「丘立三，他給你多少報酬？」

丘立三迷迷糊糊地說：「兩百萬，事成之後再給三百萬，送我去澳門。」

林振文問：「尤全財為什麼只讓你搶一件東西，他是怎麼說的？」

丘立三說：「他說只讓我拿一件叫天馬飛仙的文物，是一匹白玉馬，上面騎著個帶翅膀的仙人，底下有個青銅座。」

第三十九章　催眠

林振文站起來，小聲對林之揚說：「父親，你還有什麼要問的？現在可以直接問他。」

林之揚點點頭，對丘立三問道：「尤全財的家在哪兒？怎麼能找到他？」

丘立三說：「他在北京有好幾處房子，玫瑰園、財富公館、還有個王府花園，具體地址我就不知道了。」

林之揚想了想，又問：「尤全財怎麼知道我手裡有這個天馬飛仙？」

丘立三微微動了動腦袋，說：「一個叫章晨光的人在北京請他吃飯，說五百塊錢在咸陽農村收了個破青銅底座，又用一百多萬的價錢轉手賣給了西安的林之揚教授，林教授手裡有底座的上半部，是天馬飛仙，正好湊成了一對兒。」

林之揚怒火沖天，還要發問，一旁的美國醫生指著儀器上的數位說：「不能再問了，病人的腦電波已經開始波動，他就要醒過來了，我們現在應該離開，不然他會在藥效作用下，做出過激的反應。」

林振文說：「父親，該問的都問清楚了，我們先出去吧。」

林之揚深吸一口氣，點了點頭。一行人出了囚室，鎖上鋼柵欄門，離開暗室。隨從人員將美國醫生送走，林氏父子順樓梯上了三樓，來到走廊盡頭的一個房間，林振文吩咐隨從把守走廊，任何人沒有允許不得靠近。

二人進入房間後，林之揚恨恨地說：「這個章晨光，真是成事不足，敗事有餘！原來那底座他才花了五百塊錢，撿了個大便宜就到處亂說，將天馬飛仙的事傳到了尤全財的耳朵裡。」

林振文說：「我們和這個尤全財平素除了古玩上的交易之外，很少往來，他為什麼要處心積慮地搶我們的天馬飛仙呢？」

林之揚說：「這個人一定是知道天馬飛仙裡面藏的祕密，原本我以為只有我自己知道這個祕密，可現在看來，並不是這樣。」

林振文說：「父親，這天馬飛仙裡頭，究竟有什麼祕密？你為什麼一直不肯跟我說？」

林之揚看著兒子，說：「不是我不告訴你，是怕你知道真相後，不敢去做。」

林振文有些不快：「父親，我跟著你做古玩生意也有十幾年了，難道你現在還不放心我嗎？我現在的文物鑑賞能力和辦事能力，您應該是瞭解的。」

林之揚笑了，說：「你別多心。對你的能力我現在沒有絲毫懷疑。你大哥在美國一心研究醫學，對我的藏品也沒有興趣，我是不可能將我的產業交給他了；現在我身邊只有你這一個兒子，你必須要扛起這件事。如果不是發生了這些意外，我可能還要對你隱瞞一陣子，可現在看來，我不得不跟你說了。」

# 第三十九章　催眠

聽了老爹的話，林振文不免有些緊張和興奮，他說：「爸爸，到底是什麼事？你就放心地對我講吧，以咱們林家的實力，我們父子倆一條心，還有什麼事情辦不成嗎？」

林之揚點點頭，說：「這裡不會有人來偷聽吧？」

林振文說：「父親你放心，這間書房是這座城堡裡最安全的，有電子指紋鎖，還做了嚴密的隔音處理，而且我的隨從都被我打發得遠遠的了。」

林之揚點頭，說：「振文，你說這天馬飛仙，能值多少錢？」

林振文一愣，想了半天，才肯定地說：「按照它本身的年代、品相價值來說，在國內的拍賣市場上，應該可以賣到兩百萬左右的價格。如果在美國、英國等地，大概能賣到五十萬美元左右。」

林之揚笑了：「你的價估很準，但和它真正的價值比起來，卻還不知差了多少倍。」

林振文被他的話弄懵了，撓了撓腦袋，說：「老爸，你的話太深奧了，我有點聽不懂。」

林之揚大笑，說：「這天馬飛仙，在我估計，可以值百億美金。」

林振文傻了，半天才回過神來：「爸，你沒事吧？我沒聽錯？」

林之揚說：「你沒聽錯，我也沒有老糊塗，是百億美金，而且是至少。」

聽了這話，林振文打了個寒戰：「爸，您就別再賣關子了，快告訴我吧！」

林之揚說：「別著急，心急吃不了熱豆腐。我再問你一個問題：在咸陽，什麼墓葬最有名？」

林振文想了想，說：「全咸陽最有名的墓葬？那當然是茂陵了！」

林之揚說：「沒錯，就是它。這茂陵與秦始皇的驪山陵、武則天的乾陵並稱為中國三大陵墓。」

林振文說：「這天馬飛仙和茂陵有什麼關係？」

林之揚從椅子上的一個皮包裡取出一個牛皮紙袋，打開取出一本破舊的書，說：「這本《大漢紀要志異》，還是我十六年前在西安大學當教授時，從洛陽農村一個農民手裡收來的。這本書在中國史書界並沒有記載，可能是當時漢朝的史官私下編撰而成的，經過了十幾遍的抄錄，現在也都殘破不堪，全世界僅此一本。你看看這一頁，上面記載了關於茂陵修建的一些事情。」

林振文接過書，只見這本書的顏色幾近灰黑，顯然年頭已經很久了，邊角破得十分嚴重，有的頁面甚至佈滿了蛛網似的裂紋，在翻開的那頁上，勉強可以看出上面寫著：

「漢制天子即位一年而為陵，後元二年正月，帝病重，次月乃崩，此年陵方建成，歷時五十三年。漢諸陵皆高十二丈，方一百二十步，惟茂陵高十四丈，方一百四十步。帝三分天下之賦稅，一供山廟，一供賓客，一供山陵。金錢財物，鳥獸魚鱉、牛馬虎豹生禽，凡百九十物，盡瘞藏之。比葬時，陵中不復容物。」

看完這一頁，林振文問：「老爹，是段話這什麼意思？」

林之揚說：「我和你說過多少次了，想成為文物專家必須要會讀古文，看來你還要努力。這段記載只是大概地說了一下茂陵的修建過程，中國古代修皇陵的習慣，是從這個皇帝上台不久就開始修建，漢武帝也不例外，從劉徹登基的第二年，他就開始著手修建茂陵，一直到他死的那年為止。他在位五十四年，茂陵修了五十三年，西漢歷代皇帝的陵墓都有嚴格的高度規範，而茂陵的高度比那些陵墓都要高一截，大一圈。」

林振文說：「那是為什麼？是不是因為劉徹在位的時候漢朝是世界上最強大的國家，國力強盛？」

林之揚說：「這只是原因之一，最重要的原因是劉徹雄才大略，他認為自己是天下最偉大的皇帝，當然要比其他皇帝特殊一些了。事實上也的確如此，他的文治武功使漢朝成為當時世界上最強大的國家，在他統治下的西漢帝國成為世界文明無可爭議的中心。」

林振文點點頭，說：「這些我也有所瞭解，那後面的話是什麼意思？」

林之揚說：「漢武帝好大喜功，他還健在的時候，就會將一些自己喜歡的金銀財寶都往還沒修好的茂陵裡放，長年累月，越放越多，內室放滿了就放在外室，外室放滿了就放墓道、走廊，以致於在他下葬的時候，茂陵裡竟然被各種珍寶給塞滿了，連個下腳的地方都沒有。」

林振文笑了：「這漢武帝也真想不開，那麼多好東西都陪葬了，有什麼用？自己也花不著，還不如讓國家用在正地方上。」

林之揚說：「說的就是，可古人的迷信是深入到骨子裡的，他們堅信在死後還能在陰間繼續當皇帝，享受珍寶，所以才這麼做。可是，他這麼做有一個致命的缺點，你知道是什麼嗎？」

林振文想了想，說：「樹大招風？」

林之揚說：「正是。茂陵就像一個巨大的寶庫，吸引了無數垂涎之人，《漢武帝內傳》有記載說，在劉徹下葬後四年，有人在陝西扶風縣的市場中買到了一只玉做的箱子和一根玉杖，玉箱裡面還裝著三卷佛經。後來漢朝政府得到消息，收繳了這些東

# 第三十九章　催眠

西，漢昭帝叫來曾經伺候過劉徹的大臣一問，才知道這些東西乃是西域康居國王進獻給武帝的禮物，是武帝生前最喜歡的東西之一，而這些東西在他下葬的時候，是被安放在他的棺槨附近的，眾臣周知。」

林振文不解地問：「這是為什麼？怎麼漢朝還沒滅亡，先朝皇帝的陵墓就被人給挖了？難道劉徹的陵墓沒有專人把守？」

林之揚說：「正相反，茂陵的守衛相當森嚴，別說偷盜，普通人想靠近都很難。」

林振文說：「那黃金箱子是怎麼跑出來的？」

林之揚說：「關於這件事，後世並沒有史書給出正面的回答，我在西安大學教學的時候，也有一些學生問過我這個問題，而我的推測是：監守自盜。」

林振文說：「內盜？那怎麼可能？茂陵不是有專人把守嗎？誰有那麼大的本事，能在漢昭帝的眼皮底下偷他老爹的陵墓？」

# 第四十章　藏寶圖

林之揚喝了口茶，說：「當然不是從大門明目張膽地去盜了，而是從後門。」

林振文說：「後門？怎麼皇帝陵也有後門？」

林之揚說：「從古至今，宏大的建築都是由一些有建造天才的高人所設計和修建，這些高人在修建那些富麗堂皇、無與倫比的皇宮、宮殿、陵墓的時候，都會故意留下一些缺陷，或是一個後門。設計缺陷是為了在今後的創造中，不致於無法超越先前的作品而留下遺憾；而給陵墓留後門的目的就更明顯了，就是為了日後能不為人知地祕密進入陵墓，直達地宮。」

林振文慢慢點頭，已然聽得入了神。林之揚又從皮包裡拿出一張老舊的黑白照片，說：「一九五六年，中國政府在郭沫若等人的大力主張下發掘明萬曆皇帝朱翊鈞的陵墓定陵，挖了不到半個月，挖出一塊石條，石條上面刻著一行字：『此石到金剛牆前皮十六丈，深三丈五尺』。這種石條通常被稱為『指路石』，是修建陵墓的工匠偷偷埋下的，這照片就是當時考古隊拍下的照片。」說完，林之揚喝了口茶水。

林振文看著照片，又問：「工匠留『指路石』的目的是什麼呢？難道就是為了日

## 第四十章　藏寶圖

後去偷這些陵墓？」

林之揚笑了：「那倒不是，皇帝的陵墓有時在他還沒死時就建好了，總不能讓它就這麼大開著墓門吧？於是就得把陵墓先封死。如果過幾年皇后先死了，就打開封門，把皇后下葬了；再過幾年，或十幾年，皇帝又死了，再打開封門再葬一次，這次才算完事。這個過程很可能會持續得很長，也許幾十年，天長日久，封好的墓門找起來不太容易，於是工匠就在地下埋幾塊『指路石』，挖到指路石就可以直接到達地宮，這樣，下葬起來就省了很多人力。」

林振文恍然大悟：「原來是這樣，這些工匠也挺有意思的。按您的說法，當初修建茂陵的工匠，在建造時也留了一個後門之類的記號，以便日後下葬之用？」

林之揚說：「茂陵這麼大的陵墓，起用的一定也是西漢當時最有名的工匠，按我的推斷，這工匠一定留有後門，倒不是為了日後下葬之用，因為茂陵一直在修，到漢武帝死時才算修完，人死即下葬，也不用在日後留後門，但那些藝高膽大的工匠還是祕密修了一條從地宮通往外界的隱祕之道，這條祕道的入口處，應該是位於一些荒山野嶺之地，為的是不引人注意。」

林振文點了點頭，說：「這工匠膽也夠大的，這種事要是被漢朝皇帝知道了，還不得誅他的十族啊！」

林之揚說：「人就是這樣，越是禁止的事情，就越有人去做，現在不也一樣嗎？」

林振文：「可不是嗎？您說的太對了。」他又翻開古籍的下一頁，見上面寫道：

「壽陵督官張湯，世家傳營造之法，技藝高超，尤擅迷宮，甚得帝寵。昭帝始元三年，於扶風剎中見帝塚梓宮內玉箱、玉杖，乃西域康居國王所獻，帝生前甚愛之。昭帝得知，乃詔張湯問之，答曰不知。宣帝元康二年，河東功曹李友入上黨抱犢山採藥，於崖石中得武帝生前地宮素藏之雜經三十卷，盛以金箱。書卷後題東觀臣姓名，記書日月是武帝時。帝問武帝侍臣典書郎冉登，答乃孝武皇帝殯殮之物。再召湯詢問，復回不知。宣帝怒，下湯入死囚，百般拷問無果，次年病歿獄中。」

看完這段話，林振文說：「爸爸，這段話我看明白了。大意是說，負責給漢武帝修建陵墓的官員叫張湯，水準很高，擅長建造一些帶有迷宮性質的建築，為的是讓盜墓者難以進入。漢武帝死後第四年，康居王進獻的玉箱子在陝西扶風被人發現，昭帝問張湯是怎麼回事，他說不知道；又過了幾十年，一個叫李友的人在上黨縣抱犢山採藥時，在岩石縫裡發現了用金箱子裝的三十卷佛經。漢宣帝得知後，問了當年給漢武帝當祕書的一個叫冉登的人，他說這是武帝死時下葬的陪葬品，宣帝再把張湯叫來問，他還是說不知道，宣帝生氣了，把他下到死牢裡拷打，也沒問出個所以然，第二年這個張湯就死在監獄裡了。」

林之揚滿意地點了點頭，說：「基本正確，還不錯，下面還有。」

林振文再翻開下一頁，上面字跡越來越模糊，還有很多的污漬，勉強可以辨認部分文字：

「張湯祕繪茂陵地宮全圖於帛上，暗藏天馬飛仙之中，湯死後傳於其子，復傳其孫。光武帝四年，張湯六代孫獻天馬飛仙於帝，帝以祕藏先帝陵圖為罪，誅張湯六代孫九族，天馬飛仙遂藏於宮中。次年失火，天馬飛仙失蹤，至此不復現世。」

林之揚說：「最重要的就是這段話，這個叫張湯的官員曾經將茂陵地宮的詳細全圖畫在一塊布上，藏在天馬飛仙裡面，一直傳到他的第六代子孫，那時已經是東漢光武帝劉秀的時代。他的第六代子孫害怕當朝政府知道張家有茂陵的地圖，問罪於他，就主動把天馬飛仙上交給了劉秀。按理說，這種行為算是投案自首，應該給予寬大處理，但劉秀十分震怒，以其私藏先帝陵墓地圖為罪名，給張湯後人來了個滿門抄斬。

這天馬飛仙就一直收藏在皇宮裡。第二年皇宮忽然失火了，天馬飛仙在這次火災中神祕失蹤，從那以後，再也沒有人見過它的蹤影。」

林振文興奮地說：「這天馬飛仙就是父親你在興平市找到的那個嗎？」

林之揚說：「正是它。本來這天馬飛仙的底座斷了，它就變得毫無用處，可機緣巧合，章晨光居然在茂陵村的一個老農手裡得到了它，雖然他轉手賣給我賺了一百多萬，但在我眼中看來，還是跟白撿的一樣。得到這底座之後，我曾經一連三個晚上沒有睡好覺，一直在研究天馬飛仙的機關設計，看能不能打開它，取出布帛地圖。可惜還沒有研究出個頭緒來，就被尤全財指使那個姓丘的混蛋給搶走了。」

林振文這下全明白了，他說：「這麼一說，這天馬飛仙就是打開茂陵寶庫的鑰匙了？」

林之揚收起古籍，點了點頭。

林振文給林之揚倒滿了茶水，說：「那我們現在應該做的，就是找到尤全財，搶回天馬飛仙了！」

林之揚說：「是的，我為了打聽到它的下落，花了幾百萬元，雖然只是從丘立三嘴裡得到了背後主使者的名字，但光是『尤全財』三個字，就值我花這六百多萬了。現在，我要你不管花多大的代價，採取什麼樣的手段，必須從尤全財手中，將天馬飛仙搶回來！如果這件事辦不成，我們損失的就不光是那幾百萬元，而是我一生的夢想。」

林振文大惑不解，問：「父親，對這茂陵我也有所瞭解，東漢的赤眉軍和唐朝的黃巢起義軍都曾經搶奪過茂陵的珍寶，那可是好幾萬人哪，恐怕都給搶光了吧？」

林之揚笑了：「你說的沒錯，這兩次中國歷史上最大型的公開盜墓行動，的確搶走了茂陵內的無數珍寶。史書記載，赤眉軍占領長安後，他們因經費不足，派人砸開了茂陵的羨門，白天黑夜地往外搬陵裡的金銀珠寶，幾萬人搬了一個半月，可陵裡的東西卻只減少了不到三分之一；黃巢的軍隊就更不用說了，只搬了幾天，就因為唐朝軍隊的進攻而停止了。」

林振文說：「幾萬人搬了一個半月，才減少了不到三分之一？茂陵裡有那麼多的東西嗎？」

林之揚說：「剛才我說過了，許多史書上都有記載，說武帝年間西漢國十分強大，當時武帝把國家的稅收分為三份，其中一份就被用來修建陵墓和陪葬，你想想，一個強大的帝國三分之一的金錢，那是個什麼概念？憑你幾萬人搬，就能搬得光？但這還不是重要原因，依很多考古學家的判斷，修建茂陵集天下能工巧匠於一處，設計得十分堅固、豪華和巧妙，而且有很多暗道機關，都可置人於死命，所以說，無論是更始軍、赤眉軍還是黃巢軍，他們砸開羨門，充其量也只能進到茂陵的外層墓道、甬道、前耳室等建築，而地宮入口附近的主室、耳室和梓宮這些主要地點，根本不可能被那些以農民為主的起義軍找到，換句話說，他們掃蕩的只是週邊，真正的裡層才是集天下珍寶之大成的寶庫。三國時期還有記載，說董卓也派呂布盜過茂陵，還將劉徹的棺材翻了個底朝上，但這只是野史，不足為信。」

「而現在我們有了布帛地圖，不但可以知道地宮各種的構造，最重要的是，可以找出那條張湯留下的直接進入茂陵地宮的祕密通道。有了這條通道，就可以直達安放劉徹棺槨的梓宮，皇帝棺材旁邊陪葬的珍寶，肯定都是珍寶中的極品，而且皇帝的棺材本身也是稀世之物，西漢劉歆有書記載說：『漢帝送死皆珠襦玉匣，匣形如鎧甲，連以金縷。梓宮內，武帝口含蟬玉，身著金縷玉匣。匣上皆鏤為蛟龍鸞鳳魚麟之像，世謂為蛟龍玉匣。』劉徹身上的金縷玉衣，肯定比中山靖王劉勝的還要珍貴百倍，我真想親眼看看啊！」講到這裡，林之揚臉上現出興奮的神色，彷彿已經看到了幻想中的景象。

看到林之揚的表情，林振文卻有了一些不安，他說：「父親，你不是想要進入茂陵裡去吧？」

林之揚說：「真是廢話！我花了這麼多人力、物力和財力打聽天馬飛仙的下落，為了啥？這個叫尤全財的人既然敢搶我的天馬飛仙，他一定知道這裡面的祕密，至少也有一些眉目，我們一定要在他勘破機關之前，搶回天馬飛仙，找到地圖！」

林振文驚呆了：「父親，真要盜茂陵？你不是老糊塗了吧？」

林之揚生氣地說：「你說我老糊塗了？我告訴你，我的大腦比你要清晰得多！我們不是盜陵，是在考古！懂嗎？」

林振文說：「那茂陵建造堅固，裡面又有各種暗道和機關，進茂陵將是一件非常危險的事情！再者說，我們為什麼不把地圖交給國家，讓國家考古人員去做？以您的身分，我們一樣可以跟著進去啊！」

林之揚說：「交給國家？虧你跟了我這麼多年，怎麼腦子一點不開竅？自從明定陵文物保護失敗之後，中國對前朝各種陵墓的政策就改成了只進行『搶救性發掘』，也就是說，國家只會去發掘那些已經被盜墓賊破壞過、開掘過而暴露在土地之外，有再次被盜危險的陵墓。就算我把地圖上交國家，國家文物局無非就是把它當成一件文物，祕密收藏起來而已，根本不會去進行開掘。再說，由國家來開掘和我們自己動手親力親為，根本就不能相提並論！我要體驗的就是那種費盡心思、千辛萬苦之後，來到漢武帝的梓宮之中，親眼見到他的棺槨的心情，那將是我今生最美妙、最激動人心的時刻！」

林振文擔心地說：「可是父親，私自盜掘古代陵墓，可是犯大罪的啊！咱們林家在您的多年經營之下，現在已成為中國排得上號的巨富之一，無論是家產，還是您和我的身分，就連市長、省長也要給咱們三分面子，我們家裡古玩眾多，足以讓我們家幾代衣食無憂，還有必要去冒這個險嗎？就為了看一眼漢武帝劉徹的棺材？」

林之揚看著林振文，不屑地擺手說：「作為一個文物研究專家，一個把畢生的精力都投入到中國古文物研究的人，對他來說最大的興趣不是金錢，而是能擁有沒有人見過的曠世奇珍，這種滿足感，是多少金錢換不來的。你研究文物才幾年？根本不會理解我這種心情。」

林振文霍地站起來，說：「父親，你的心情我能理解，但我絕不能讓你去甘冒大險，置自己的安危於不顧，置林家的產業和前途於不顧，去挖一座陵墓！我不同意！」

林之揚大怒，他指著林振文，說：「你懂什麼？林家的產業還不是我苦心經營得來的？沒有我幾十年收購古董，你能花上三億多元建這麼大的城堡？你現在倒來指責起我來了！我告訴你，我意已決，我一定要搶回天馬飛仙，取出地圖！如果這件事辦不成，那你就永遠待在這個城堡裡吧，不用再回西安了！」

說完，林之揚收起古書和皮包，想要走出書房。可書房門是由指紋鎖控制，他拉

## 第四十章　藏寶圖

了幾下也沒拉開，大怒道：「把這個破門給我打開！」

林振文從未見他這麼光火，嚇得腦門沁汗，連忙一溜小跑來到門邊打開門，林之揚拔腿出門就走，林振文一面緊跟著林之揚，一面拉他的衣袖，說：「父親，老爹，你可千萬別生氣呀！我剛才的話也是擔心你嘛！那茂……」

林之揚回頭用嚴峻的眼神示意他別往下說，林振文一縮頭，把後面的話硬生生吞進了肚子。

林之揚說：「笨蛋，小心隔牆有耳！這事要是洩露了，我唯你是問！」

林振文連忙唯唯諾諾地說：「是是，放心老爹，我保證！」

林之揚說：「準備車我要回西安。這件事我會給你時間考慮，你好好想一想，想好了去西安找我。」

林振文不敢怠慢：「是的父親，我一定好好考慮。現在我先安排人手去對付尤……對付那傢伙，一有消息我馬上通知您。」

林之揚點點頭，在司機和隨從的陪伴下，驅車離開別墅。

林振文目送父親離去，鬆了口氣，說：「這老頭，今天怎麼發這麼大脾氣？真是反常，還不承認自己老糊塗了，哼。」回到大廳裡，只見那名叫于冰的漂亮女傭正在廳中等候。

林振文笑吟吟地走過去，伸手捏住她的臉蛋，說：「怎麼樣？昨晚沒被占便宜嗎？」

于冰一側臉，有些不高興地說：「難為你們這些當老闆的想出這種主意。」

林振文哈哈大笑，穿過前廳、走廊，又回到剛才三樓的房間裡，按了一下桌上的電腦，說：「叫陳軍一個人到我這兒來。」

工夫不大，門外有人按鈴，通過電腦螢幕見一人站在門外。林振文按了一下鍵盤，門無聲無息地開了。

此人中等身材，面沉似水，昨天中午曾出手打過丘立三，身手敏捷至極。

林振文說：「陳軍，通知全國各地的眼線，停止『捕兔行動』，收繳剩餘活動資金。對了，丘立三怎麼處理了？」

陳軍說：「老闆，已經打聽好了，丘立三父母早亡，現在他除了一個在戒毒所戒毒的姐姐之外，沒有任何親屬。」

林振文點點頭，說：「這人對我們已經沒有任何用處了，一會兒給西安市公安局打個電話，讓他們把丘立三帶走，關他一輩子算了。」

# 第四十章　藏寶圖

陳軍說：「是，我明白了。」

林振文說：「還有一件大事要你去辦。」說完，在紙上寫了幾行字交給陳軍，「北京金春拍賣集團董事長，名叫尤全財，我要你調查一下這個人的詳細資料，越詳細越好，還有他最近都有什麼活動，和什麼人來往密切，都給我調查清楚。你馬上安排人去辦，儘快給我結果。」

陳軍接過紙條，答應了下來。

# 第四十一章 摸底

半個月後，林振文正在高爾夫球場打球，這座高爾夫球場靠近他的私人機場，這天乍暖還寒，天氣極好，林振文同一個搞房地產的鄰居打高爾夫，身旁站著那個俏女傭于冰，今天的她一身淺灰色女式西裝，顯得非常成熟、漂亮，另有幾個隨從三三兩兩地在一旁抽煙聊天。

天空響起飛機轟鳴的聲音，那個房地產商抬頭一看，說：「林老闆，好像是你的飛機來了喔。」

林振文手搭涼棚一看，果然是他那架白色的三叉戟飛機。飛機漸飛漸近，慢慢降落在機場上。從上面下來兩人，朝球場走來，其中一個就是陳軍。他來到林振文面前，說：「老闆，事情辦得差不多了。」

林振文停下手中的球杆，遞給隨從，說：「好，回去說。」然後對那房地產商賠笑道，「周老闆，實在不好意思，我有點要事要回去處理，就讓我的美女陪你一塊兒打球，怎麼樣？」

周老闆笑了，說：「好呀，你自便，讓于冰陪我就行了，哈哈哈。」

第四十一章　摸底

林振文離開球場，一行人分別上汽車往別墅而去。

回到別墅內，林振文和陳軍上了三樓的那間私人書房。

陳軍掏出張光碟放進桌上的電腦裡，螢幕上出現了一張照片，是個男人的頭像，這人大約四十多歲，短髮長臉，看上去精幹勁練，但也隱約有些陰鷙之氣，隨著螢幕上照片的不斷變換，陳軍在一旁同步解說：

「這個人就是尤全財，今年四十六歲。一九六一年十二月六日出生於北京市宣武區一個普通幹部家庭，父親叫尤長威，北京市鐵路局人事科科長，母親叫張淑芳，北京紡織一廠婦聯主任，上面有一個哥哥，五六年出生，現在是北京鐵路局人事科一名普通科員；一個姐姐，五八年出生，現在嫁到天津，丈夫是天津市委宣傳部副部長。他在家排行老三，也是最小的，這張照片是全家福，那時尤全財十二歲，上小學五年級。他小學在北京市宣武區一小畢業，初中和高中都在北京市鐵路第四完全中學畢業，高中畢業後第一年就在北京市鐵路局當工人，一九八六年，他主動申請停薪留職下海經商，在北京琉璃廠古玩城做古玩玉器生意。八年後，也就是一九九四年，於北京市工商局註冊北京金春拍賣公司，在當時是全北京市第一家私人拍賣公司，當時還上了報紙，這張照片就是當時的《燕京都市報》關於金春公司開業的報導圖片。」

林振文點了點頭，陳軍繼續說道：

「兩年之後，金春拍賣公司實行股份制，共有六人入股，總資產大約四百萬元人民幣，當年因為成功拍賣圓明園海晏堂大水法十二生肖銅像中的兔首而名聲大振，這就是當時的拍賣照片，那個外國人就是原先收藏兔首的法國收藏家，他是在一九八〇年從蘇富比拍賣會上以八百萬港元買下的，在一九九八年金春拍賣會上，以一千七百萬港幣的高價被中國國內一個不願透露姓名的富商拍下，隨即捐給北京博物館。這件事在當時轟動中外，金春公司也因此知名度大增。」

林振文哼了一聲，說：「這傢伙倒是找到了發財的法門，知道這是圓明園的東西，價錢再高也會有國人回購。」

陳軍說：「沒錯。尤全財此時的個人財產大約在兩百萬元左右，他看準了中國文物在近代戰爭中流失到海外，而被國人爭相回購的機會，四處活動，專門聯絡那些擁有流失文物的中外收藏家在金春公司組織的拍賣會上進行交易，許諾給巨額成交價，慫恿那些人將文物出手。五、六年的工夫，金春公司就成功拍賣了圓明園另兩個銅首牛和猴，另外還有一些著名的：這張照片是漢代玉馬首，現存於美國維多利亞・艾伯特博物館；這一張是二〇〇二年秋季拍賣會上的宋代米芾手書《研山銘》；這張是龍

# 第四十一章　摸底

門石窟中的『帝后禮佛』佛像；這組圖片大多是從圓明園戰爭中搶走的陶瓷器、漆器、牙雕、瑪瑙、水晶、琥珀、寶石、書畫、鐘錶、木雕玉器等。經我派人調查，從一九九八年到二〇〇六年期間，金春拍賣公司就拍賣了一千兩百多件自鴉片戰爭以後，從中國流失到海外的文物，光是高額傭金和手續費，他就獲利幾億元人民幣。一九九八年，他買下了其他五名股東的股份，轉制成為個人獨資公司。到二〇〇六年時，尤全財的個人財產約在十五億元左右。」

林振文不屑一顧地說：「這傢伙可找到聚寶盆了，還真發了不少的財，不過，照他這麼明目張膽地拍賣中國文物，早晚有一天會被中國文物局和公安部門盯上，沒什麼好果子吃。」

陳軍說：「這人也不是傻子，他早就知道這一點，所以從一九九七年香港回歸之後，他組織的拍賣會就多數設在香港，很少在北京舉行，就是怕涉及到國際文物法，給自己帶來麻煩。」

林振文緩緩點點頭：「此人膽大敢幹，倒是個做生意的材料，好了，該說說其他的了。」

陳軍又按了一下鍵盤，說：「他於一九八六年結婚，妻子叫米雲，出身教師家庭，是一名小學音樂老師，這是當時的結婚照。一九九〇年，他妻子因他與一名酒吧女有染而和他離婚，留下個三歲的兒子。直到一九九四年再婚，娶了一名曾在酒店做過陪酒小姐的女人，這是結婚照。二〇〇三年再次離婚，現在也沒有再婚，但他在北京有四處住宅，分別是玫瑰園四區六幢七〇六號，北京財富公館西區梅花館，順義縣一套三層私人別墅，還有西郊一處仿照恭王府修建的尤家王府，每處都有固定的情婦居住，這幾張照片是他幾位情婦。」

林振文嘲笑地說：「人有了錢就會養女人，看來他也不例外。」

陳軍說：「沒錯，這個尤全財尤其好色，據他的手下人講，說他到世界各地旅遊的頭一件事就是找當地最漂亮的妓女過夜。不過也奇怪，這個人從來沒有得過性病，看來是防護工作做得很到位。」

林振文哈哈大笑，說：「這是個優點，我們男人都要向他好好學習，有機會我要跟他當面討教經驗。」

陳軍又說：「尤全財喜歡吃川菜和粵菜，愛吃辣的，從不吸煙，但很能喝酒，大約能喝一斤白酒。愛聽相聲，尤其癡迷京劇。而且他生性多疑、膽小怕死，經常去醫院檢查身體。喜怒不形於色，據他的下屬說，他平時很少發火，但臉上也很少有笑容，你不知道他的心情是高興，還是不高興，從臉上看不出來。但他心黑手狠，兩年前，他的一名情婦在豪宅裡收留男妓，讓他知道了，他將那名男妓打成了高位截癱，

## 第四十一章　摸底

情婦也被他趕出北京，又派人潑硫酸毀了容，聽說後來在街上流浪，無家可歸，最後上吊自殺了。」

林振文欠了欠身，深吸口氣，說：「這傢伙還真夠狠的。好了，說說他在古玩方面的事吧，這傢伙對文物鑑賞有什麼特長？」

陳軍說：「說到古玩鑑賞，這尤全財倒是一把好手，他自幼愛好中國古典文化藝術，在北京琉璃廠搞了四年古玩生意，常常是低價收，高價賣，賺了不少的錢。」

林振文說：「廢話！哪個做生意的不是低收高賣？菜販子還知道五毛錢進的白菜賣八毛呢！」

陳軍說：「他不一樣，我派人調查了他當時在琉璃廠開古玩店時的鄰居，都說他膽大心細，別人不敢收的東西，他敢收，別人看不準的玩意，他卻能從一些細微之處看到價值，常常是一抓即中，轉手翻倍，很多行裡的店主都把自己拿不準的東西請他掌眼，戲稱他為『尤二爺』。」

林振文說：「尤二爺？這傢伙不是排行老三嗎？」

陳軍說：「這尤二爺的意思是，他在古玩城裡稱老二，沒人敢叫第一。」

林振文說：「這傢伙還真夠狂的，我家老頭子研究文物四十多年，也沒敢稱自己是什麼二爺。」

陳軍說：「這個人倒不是太驕傲，那尤二爺的稱號也是別人送給他的。據說，他在古玩城成名時才三十多歲，是當時琉璃廠最年輕的大行家，很多上了歲數的老古玩通，都說尤全財天生就是做古玩生意的料，眼睛看玩意特別準，還很少打眼。」

林振文哼了一聲說：「無非是瞎貓碰上幾回死老鼠罷了，他再有經驗，還能比我家老頭子還厲害？」

陳軍說：「這個人當年確實有些才華，不過，後來他開始專注於拍賣中國外流文物大發橫財，對古玩鑑定就不怎麼在意了，據說現在他的文物鑑定水準也開始走下坡路，僅相當於一個普通古玩店主的水準。」

林振文說：「我讓你查今年元宵節晚上他都在幹什麼，你查到了嗎？」

陳軍又說：「他的金春拍賣集團每年舉行四次大型的拍賣會，一般都在香港進行，平時的時間，就是穿梭於四座別墅，跟幾個情婦鬼混了。他在北京以外的地方也有幾處房產，但平時很少去住，可能是為了投資之用，或是日後留著給兒子。今年正月十五晚上，他是在自己的王府花園裡過的夜。從那之後，他倒也沒什麼異常舉動，只是和一個叫盧方茂的人來往密切。這個盧方茂是北京大學歷史系、考古系的雙系教授，博士生導師，在北京大學學術界相當有名望，尤其對漢代玉器頗有研究，還寫過十幾篇有關的論文，這些論文我都存在了光碟裡，您可以隨時調看。」

## 第四十一章　摸底

林振文一聽，頓時來了精神，說：「對漢代玉器有研究？還有沒有關於這個姓盧的什麼資料？」

陳軍說：「尤全財和盧方茂四、五年前就認識，一直略有來往，只是沒有現在這麼頻繁。據我跟蹤和調查的結果，從正月到現在不到3個月的時間，尤全財就去了盧教授的家不下三十次，比他去四個情婦家裡的次數總和還多，的確有些反常。這個盧方茂今年五十五歲，老家在河北正定縣，十九歲在北大中文系畢業後，就留校做講師助理，再到副講師、講師、副教授，一步一步做到了雙系教授的職位。他平時為人和善，人緣不錯，四十四歲時離婚，現在和女兒同住，女兒叫盧珍妮，二十六歲，現任北大中文系講師助理，還沒結婚。」

林振文說：「這個盧教授的經濟情況怎麼樣？」

陳軍說：「我對他進行了全面的調查，他現在任雙系教授，每月薪水七千六百元，再加上額外講課費，月薪在萬元左右。居住的是北大分配的三室住宅，普通四樓雙陽，個人存款六十萬左右，有一輛豐田汽車代步。她女兒每月工資四千多元，經濟獨立。盧方茂平時生活比較低調，但也不是太過節省，屬於小康偏上的水準。他不好煙酒，也不賭博，最大的愛好就是看書、聽京劇和收藏古玩，當然，以他的經濟實力，收藏的也是一些三、四級的古玩城貨色。尤全財有時會把一些文物帶到他家一起研究，但近幾年尤全財暴富之後，來往越來越少，倒是近幾個月開始增多，至於什麼原因，我還沒有查到。」

林振文問：「尤全財每次去盧家都是在幾點鐘？待多長時間？」

陳軍說：「尤全財從來不在盧家逗留，每次都是開車去他家接他出來，然後到尤全財西郊的王府住宅，一般都要幾個小時後，再派人送盧教授回家。」

林振文臉上露出笑容：「我想我們找到突破口了。陳軍，明天一早我和你動身去北京，你想辦法弄一套高靈敏度的竊聽器，偷偷安到尤全財的住宅裡，我們在他家附近監聽他和盧教授的談話。」

陳軍面露難色，說：「老闆，這尤全財的四座別墅，就屬那座王府住宅安全措施最為嚴密，住宅四周光保鏢就有幾十人，我早就試過潛入他的花園裡，可幾次都被攝像頭和紅外探測儀發現，幸虧我離開得快，沒有引起他太多的注意，這個方法不太可行。」

林振文有些不快：「連你都擺不平的事，那就是沒人能行了？這麼說，我只能眼睜睜地看著這兩個人頻繁密謀卻毫無辦法？」

陳軍想了想，說：「辦法倒是有一個，而且比竊聽會更有效果，只是，也有很大的難度。」

## 第四十一章　摸底

林振文忙問：「什麼辦法？」

陳軍將嘴湊到林振文耳邊，耳語一陣，聽得林振文眉頭漸開，眼睛咕嚕亂轉，想了一會兒，慢慢點了點頭，說：「現在也只能試上一試了，好，你就去辦吧，錢不是問題，我先給你拿一百萬，辦好了這件事，還有重賞。」

陳軍說：「我為老闆辦事，一向不是為錢，您就等好消息吧。」

林振文哈哈大笑，拍拍陳軍的肩膀說：「你是我的左膀右臂，我怎麼也不會虧待你的！」

# 第四十二章　密室

初春的北京，最大特點就是風沙大，日益嚴重的土地沙漠化都快侵蝕到了北京周邊的幾個縣區，一到三、四月份，從內蒙古刮過來的大風夾著沙土，長驅直入，在北京上空來回肆虐，搞得人睜不開眼睛，曾有一位名作家寫過一篇文章叫《北京的風》，頗為知名。

北京大學西校區的一幢教學樓裡，正上著歷史課。這是下午的最後一節課，講課的老師戴一副金絲邊眼鏡，略有花白的頭髮，語調平緩，正在為學生們講到清末咸豐年間，英國遠征軍火燒圓明園一課。此時正是下午，校園內一片寧靜，學生們可能吃完午飯後胃氣上湧，都有些睏意，聽課的不多，打盹的倒不少。

老師從載桓和僧格林沁綁架了英國公使巴夏禮講起，到遠征軍司令額爾金從紫禁城和圓明園中選了圓明園為火燒對象，再講到圓明園幾十萬件文物被搶劫一空，大火燒了三日。

這老師一連講了四十幾分鐘，上面講得情緒激昂，底下聽得昏昏欲睡。老師見聽者寥寥，心裡有些不快，於是提高音量講道：「據有關人士統計，自從鴉片戰爭以

# 第四十二章　密室

來，中國流失到海外的各種文物，大約有一千萬件左右，如果要把這些文物全都買回來，那就是一個天文數字的金錢。」

下面終於有學生發言了：「盧教授，東西都已經流出去了，還往回買幹什麼呀？就讓它們在國外放著吧！」

盧教授氣得鬍子朝天，說：「你說的什麼話！要是都像你這麼想，中國早晚還得讓人騎在脖子上拉屎！」

另一個男學生懶洋洋地說：「既然一時半會兒沒有辦法買回來，還不想花那份冤枉錢去買，就不要再研究這種問題了吧？」

盧教授氣得夠嗆，他也看出這類課題對現在的學生來說意義不大，於是也就強忍怒火，深吸了口氣。這時下課鈴聲響了，學生們陸續走出教室。

盧教授抬手看了看腕上的梅花手錶，下午兩點半，自己今天的課都結束了。他走出大樓，順著園內的草地小路往北大西門走去。這時走來個三十歲左右的年輕人，他追上盧教授說：「導師，今天這麼早就回家了？」

盧教授說：「是啊，今天課少，我也正好早點回家，珍妮早就想吃我做的清蒸魚，今天我給她做飯。」

這人笑著說：「我的大教授，在百百之中還要抽出時間來為女兒下廚，真是個好父親啊！」

盧教授也笑了，說：「你這個小李，對了，你的那篇論文寫得怎麼樣了？我可告訴你，你絕不能給我丟臉，要是你的論文通不過，我可沒工夫給你補課。」

年輕人說：「放心吧導師，我現在每天都在開夜車呢。對了導師，我有些問題，想讓您去我家輔導我一下。您今天有空嗎？」盧教授說：「今天？今天恐怕不行，金春集團的尤先生晚上要來接我去他家做客。」

年輕人一聽，眼睛一亮，說：「哦，又是那個尤老闆，導師，我聽說他是北京最大拍賣集團的老闆，他是不是想聘您做他的文物顧問哪？那可比您在這做博導好多了！年薪少於二十萬不幹，哈哈！」

盧教授怒目看了他一眼，說：「你胡說什麼？人家尤先生找我是研究古玩玉器，我可告訴你李天明，別到處給我亂說去。」

李天明笑笑，說：「知道，我是開玩笑呢！尤老闆幾點接您來？」

盧教授說：「他一般都是晚上七點鐘左右來。怎麼？你有事嗎？」

李天明說：「我沒什麼事，想借您的那本《漢代陵墓形制考察》回去讀一下。」

盧教授說：「你小子，可算是用了點功，這還差不多，走吧，坐我的車回家去拿。」兩人邊說邊走出校門，上了盧教授的豐田汽車。

# 第四十二章　密室

一轉眼到了盧教授家，進門坐下，盧教授從書架上往下拿書，李天明邊喝水邊說：「導師，珍妮幾點回來？我都想咱妹妹了。」

盧教授說：「她今晚有幾節夜課要上，可能要十點多才回來吧。這是書給你，我要做飯去了，你在這裡看也行，回家看也行，總之別打擾我做魚。」

李天明端了一杯水給盧教授，說：「您先喝點水，我還有件事要跟您說。」

盧教授說：「什麼事？說吧，你一般沒什麼好事。」

李天明笑嘻嘻地說：「您別急，先喝口水。」

盧教授喝了水，說：「快說吧，什麼事。」

李天明吞吞吐吐地說：「後天我的一個高中同學結婚，我要去參加婚禮，只是……只是別人都有家室和女友了，就我沒有，我想讓珍妮臨時當一天我的女友，陪我去趟婚禮，怎麼樣？」

盧教授說：「什麼？真是胡鬧，沒有女朋友也不低人一等，你怕什麼？不行。」

李天明說：「導師您別急啊，喝口水。」

盧教授恨鐵不成鋼地說：「你們這些年輕人，就不把精力放在正事上，你現在的最大問題是先通過博士論文，其他事情，我希望你往後放一放，懂嗎？」

李天明說：「是！一切聽導師吩咐！」

盧教授站了起來，剛要說話，身體一晃倒在沙發上。

李天明連忙過去扶他：「導師，您怎麼了？不舒服？」

盧教授說：「有點……有點頭暈呢？」

李天明說：「哎呀導師，您就是太勞累了，我扶您去臥室躺下休息。」

進了臥室躺下，盧教授說：「我的魚還沒做呢，晚上七點尤先生還要來接我。」

李天明說：「您可真是的，是魚和尤老闆重要，還是您的身體重要？魚可以明天吃，尤老闆也可以讓他明天來接您，今晚您就哪兒也別去了，好好睡上一覺，那個尤老闆，我替您打電話告訴他一聲，讓他明天再來。」

盧教授艱難地擺擺手，說：「不，我自己來。」話剛說完，就睡著了。

李天明推了推他，說：「導師，導師！醒醒啊。」盧教授沉沉昏睡，絲毫沒有動的意思。李天明看著盧教授，狡黠地笑了。

晚上七點鐘，一輛賓士S級汽車停在盧教授樓下，一人走進樓裡，上四樓敲開盧教授的門，被迎進客廳。盧教授端著一杯水，邊咳嗽邊說：「尤先生請坐，我的嗓子有點不太舒服，還請見諒。」

# 第四十二章　密室

這人衣冠楚楚、氣度不凡。他看了看四周，坐在沙發上開口說：「盧教授可能是最近太勞累了吧？吃藥了嗎？要不咱上醫院看看？」

盧教授擺了擺手：「不用不用，這是我的老毛病，好幾年都沒犯了，今年不知怎的，又得上了，除了嗓子難受，聲音沙啞，倒也沒別的問題，所以也就不放在心上。」

這人說：「原來是這樣，那您還方便去我家嗎？」

盧教授說：「不妨事，尤先生，讓我吃幾片藥，我們就走。」

這人點點頭，說：「實在辛苦盧教授了。」

盧教授又吃了幾片藥，穿上衣服，兩人下了樓，共同坐上這人的賓士車，驅車離開盧家。

從宣武區往西，穿過三環、四環公路，三十多分鐘後來到北京西郊，這裡都是一些私人別墅，中式、歐式，什麼樣的都有。開過一座橋，河邊出現一排蘇州園林式的圍牆，白牆綠瓦，順著地勢高低而建，蜿蜒數米。

汽車開到一座寬大的中式宅院門口，外面站崗的保衛人員打開大門，汽車直開進去。裡面用碎石子鋪地，兩側都是荷花池，拱橋立於水上，假山點綴其中。此時已是華燈初上，荷花池上小亭裡燈籠明亮，前面隱隱約約有飛簷尖角露出，好一座漂亮的仿古園林宅院。

盧教授坐在車裡，咳嗽了兩聲，說：「尤先生，你這座宅子真是美不勝收，每次來這裡，我都有新的感覺，從不同的角度看，好像宅院的景色也不盡相同似的。」

尤先生開著車，笑著說：「盧教授過獎了，我這人打小就喜歡中國古典的東西，小時候從畫上或掛曆上看到蘇州園林、清朝王府，就喜歡得不得了，見天的瞅啊看啊。現在有了條件，自然要修建一座花園給自己欣賞了！」

盧教授說：「這宅院和恭王府倒有異曲同工之妙。」

尤先生說：「我就是仿造恭親王奕昕的府邸修的這宅子，無論從面積、格局、顏色方面，幾乎都毫無二致，光為了選假山，我就在蘇州溜溜待了半年。」

盧教授感嘆道：「真不錯啊！人生在世，有條件就要享受，要不然，留到棺材裡就什麼都沒有了。」

尤先生將車停在一進宅院之前，說：「盧教授往日都是提倡節省儉約，今兒個怎麼也想開了？」

盧教授說：「唉，昨天我女兒帶了個男朋友回來，之後我一想，女兒出嫁是早晚的事，我自己一個人，省吃儉用的有啥用？還不如趁著有生之年，多享受享受。」

尤先生哈哈大笑說：「盧教授，你終於開竅了！令尤某感到意外呀，明天我就帶

# 第四十二章　密室

盧教授去個好地方，保證是人間仙境，讓你流連忘返，怎麼樣？」

盧教授用手絹捂著嘴，咳嗽數聲，搖搖頭說：「我知道你說的那種玩意，我這年紀大了，可享受不了那些東西。」

尤先生下了車，替盧教授拉開車門，說：「放心吧，那地方好玩的東西多得很，管保讓你大開眼界就是了。」

盧教授下了車，兩人走進宅院正廳，廳門兩側各有一個金屬杆，兩人穿過金屬杆之後，旁邊一個電子顯示幕上亮起了綠燈，盧教授說：「尤先生你也太過謹慎了吧？在家裡還要安金屬探測器？莫不是怕我變成殺手不成？」

尤先生哈哈大笑：「這是防君子，不防小人的東西，讓您見笑了！走吧！」

跨進正廳內，這大廳寬敞至極，牆上正中掛著一幅巨大的吳昌碩山水中堂，兩旁是一副對聯，乃是啟功先生的手書——「暮雲空闊不知音，惟有綠楊芳草路」。

畫下擺著一只大紫檀木方桌，上面放著一個琺瑯德國座鐘，兩邊各有一支明朝的帽筒，中間是一套古月軒的茶具。桌兩旁有兩把同樣是紫檀木的靠椅，椅背上分別刻有「張良石橋三進履」和「蘇秦負七國相印」兩幅圓型古代典故浮雕。

迎上來一名身穿黑褲白對襟小褂的中年女傭，說：「尤先生回來了，可以開飯了嗎？」

尤先生說：「今天我不在飯廳吃飯，給我挑幾樣精緻的好菜拿到書房，今兒個我和盧教授要在書房吃飯。」女傭下去了。

尤先生穿過前廳、廂房，來到後院，盧教授在後跟著，尤先生邊走邊說：「盧教授，今天我特地吩咐廚師做了你最愛吃的菜，你猜是什麼？」

盧教授說：「是什麼？我猜不出來。」

尤先生奇道：「不對呀，前幾天你還跟我提起過，說好幾年沒吃過了呢，怎麼現在就忘了？」

盧教授擦了擦汗，說：「哦，你是說那天啊，我那也是順口說說而已，再說了，那道菜作法太複雜，不吃也罷。」

尤先生說：「別價呀，複雜怕什麼？又不是你我動手，再說我的廚師你又不是不知道，他的刀工在北京城裡也算是數一數二的了，他切出來的，就像雕刻出來的藝術品，保你看了就有食慾，肯定不比東北少帥張學良在瀋陽寶發園吃的水準差，哈哈哈！」

盧教授眼珠一轉，說道：「是嗎？那我倒要領教一下貴廚師的火爆腰花了。」

尤先生說：「你終於想起來了吧？就是火爆腰花！那天你說在北京好幾年也沒吃過正宗的火爆腰花，今天就讓你嚐嚐。我昨天特意安排人從浙江空運過來的新鮮豬腰，那可是專門做金華火腿的兩頭烏啊！」

盧教授說：「是嗎？這兩頭烏可是有名的豬品種，做出來的金華火腿最地道，卻不知道腰子也與眾不同。」

尤先生說：「那是當然！這兩頭烏不光是腿肉鮮美，腰子也是味道上乘。來，先喝杯茶。」兩人說著已經到了書房，兩名女傭端著幾道菜擺在桌上，放好碗筷，倒好了酒。

尤先生一擺手，說：「你們都退下吧，告訴老李，讓他的手下離書房遠一點，好好巡視，沒有我的命令，任何人不許走進書房！」

女傭下去後，尤先生說：「盧教授請坐，今天有上好的紹興花雕，咱們先乾一個。」

兩人碰了杯酒，尤先生說：「請先嚐這道腰花，看味道怎麼樣。」

盧教授夾了塊腰花，看了看說：「嗯，刀法細密，烹製後刀刀外翻、塊塊相同，每一刀的間隔都幾乎相同，就像用模子刻出來的，真是好刀法！」

尤先生大笑。

酒過三巡，菜過五味，兩人都有了些酒意。

盧教授擦了擦嘴，說：「尤先生，不知今天你找盧某，有什麼事。」

尤先生一愣，隨即一笑，說：「真是不好意思，還是因為那件事，最近老是麻煩盧教授，我心裡也過意不去，為了表示對盧教授的感激之情，今晚我就將它請出來，讓盧教授親自過目，如何？」

盧教授說：「那太好了！我也早就想目睹一下寶貝的真容。」

尤先生說：「那就不多耽擱了，盧教授請隨我到內室。」

說完尤先生站起來，兩人穿過外廳來到內室，走到書架前，尤先生將手掌往牆上掛的一幅臥牛圖上一按，也不知啟動了什麼機關，臥牛圖旁邊的一個書架居然無聲無息地向內旋轉了九十度，露出一間密室來。

尤先生說：「盧教授請進。」

兩人走進密室，尤先生將書架推回。這是一間二十餘米的房間，四面牆上都是博古架，上面琳琅滿目，都是各種古玩玉器。

尤先生說：「教授稍坐一下，我這就去取東西。」說完，他將一個擺在架上的青花瓷瓶一轉，牆上一幅仇英的美人立軸向內移開，現出了個不足一人高的小門，尤先生迅速低頭鑽進小門，立軸又合上了。

盧教授抬手看了看錶，八點四十五分。過不多時，牆上畫軸移開，尤先生捧個紅木盒子走了出來，將小盒放在桌上坐下，說：「盧教授，這就是東西，請過目。」

# 第四十二章　密室

說完他打開木盒，取出一只白玉製的玉馬，這玉馬成色發黃，顯然年頭已久，馬背上騎坐一人，肋生雙翅，馬蹄下是一個青銅的底座，底座有磚頭大小，銅色青中帶烏，鏽跡斑斑，兩側還刻有方塊形裝飾條紋。

尤先生擰亮桌上的高亮台燈，小心翼翼地端著玉馬，說：「盧教授不要怪我，這玉馬可是世上僅有之物，今天就請教授過目！」說完，將玉馬放在桌上，滿懷期待地看著盧教授。

盧教授拿起玉馬，翻來覆去地端詳著，看完馬嘴看馬蹄，看完底座看馬屁股，一邊看，還一邊皺眉。尤先生坐在對面，眼睛隨著盧教授的表情忽高忽低。

盧教授看了半天，放在桌上，搖了搖頭。

尤先生焦急地說：「盧教授，怎麼？」

盧教授抬眼皮看了看他，說：「尤先生，你這可有點不對了。」

尤先生傻了眼，忙問：「怎……怎麼了？」

盧教授說：「這玉馬是假的！」

# 第四十三章　劫持

尤先生張大了嘴，半天說不出話來。盧教授冷笑幾聲，說：「尤先生啊，這玉馬對你來說很珍貴，這我知道。幾個月來你一直不肯讓我看它的真面目，我也能理解。但你今天弄個假的來給我看，可有點多此一舉，你這一手玩得不太厚道啊。」

尤先生臉上變色，說：「盧教授，我尤全財從沒幹過用古董騙朋友的事！你……你這話是什麼意思？」

盧教授說：「什麼意思，你自己應該清楚得很！」

尤全財說：「你……你是說這玉馬是假的？不可能，這絕對是真的！你沒看走眼吧？」

盧教授說：「尤先生，我盧方茂從十九歲開始接觸古玩，到現在三十幾年了，經我看過的文物鮮有打眼，贗品造得再像也能看出破綻，更何況這玉馬露怯的地方太多。」

尤全財咽了咽喉頭，說：「願……願聞其詳。」

盧教授咳嗽幾聲，說：「首先說它的原料，你也知道，漢代古玉分為四類：禮

# 第四十三章　劫持

玉、葬玉、飾玉和小玉。漢朝時的用玉大多是軟玉，都是由和闐運入長安等地，顏色以乳白為主，你也知道，在漢代玉是壟斷製品，只有皇帝和王侯才有資格使用，老百姓是用不起的。這些玉器按它們的用途，兩千多年後，會留下不同的顏色。像禮玉，主要用在一些大型的禮儀之中，如：皇帝登基、結婚、祭祀什麼的，這些玉器都打磨得很光滑，在漢朝滅亡、朝代更替之後，這些玉器大多數還是被後代的皇帝內宮或是各級官員所用，很少有埋在地下的，所以現在出土的禮玉，顏色還都是不錯的。而葬玉就不同了，長年累月埋在地下，或是放在死者體內，墓內的潮氣、屍氣、土氣的混合氣體滲入了玉器表面或者肌理之中，其顏色就會起變化，這種變化叫做什麼？」

尤全財說：「叫沁色。」

盧教授說：「沒錯，葬玉的沁色通常呈紅褐色、深褐色，或者黑褐色，假的葬玉通常用一種特殊的藥液浸泡數天，表面就會出現沁色，或者用煙火熏，也會出現那種深埋在地下的黑褐色之感，頗有黑漆古玉的味道。而飾玉和小玉做工一般，但不埋在地下，只是時間長了，會有表面氧化的現象，有人就用酸性溶液泡後再曬乾，表面就有一層氧化層出現。造假的方式大概也就是這幾種了。」

尤全財擦了擦臉上的汗，說：「盧教授，請你接著說。」

盧教授笑了笑，說：「這件天馬飛仙，我也查了很多古籍，在《後漢書》張湯傳裡有些記載，說它開始一直放在張湯家裡祖傳，後來又被他的後人上交光武帝劉秀，存放在後宮，之後皇宮失火，天馬飛仙至此失蹤。失蹤之後劉秀皇帝十分惱火，但也找不到下落。這天馬飛仙有何珍貴之處，我不得而知，但這東西失蹤也是因為被盜，不是流落別人手，就是被雪藏家中，多半不會被埋在地下。可這天馬身上有一些不規則的沁色，分明是後期造的假，為了偽造出葬玉的特點。當然了，很多漢代玉器大多都是被深埋地下，所以這麼造假，也會騙過很多人的眼睛。可惜，騙不了我。」

尤全財的視線從盧教授臉上慢慢轉移到玉馬身上，好一會兒，他才端起玉馬，說：「不可能，難道是他……虛張聲勢？」

盧教授說：「什麼虛張聲勢？」

尤全財說：「啊，沒什麼。盧教授，你的分析很有道理，可是這玉馬後期會不會被埋在地下，你和我又沒有親眼所見，怎麼就此下定論呢？未免有些太過淺薄吧。」

盧教授說：「這東西是真是假，還需要我做進一步的測試。尤先生，要不然，你讓我把它帶回家去，好好研究一下，明天你來取回，我一定會辨別出它的真偽。怎麼樣？」

尤全財一聽，馬上說道：「盧教授，這絕對不行，如果您想研究，我天天歡迎您來，每天我都可以給您變著法的做您愛吃的菜，可這玉馬，是不能離開我這裡半步

# 第四十三章　劫持

的。」

盧教授說：「我家裡有一樣試劑，是我自己多年研究出來的，十分靈驗，用它一塗，真偽立現，你可以拿著玉馬和我一同回家，試過之後，你再帶回來。這總行了吧？」

尤全財搖頭說：「得，這可不行，盧教授，不是我不給您面子，這玉馬是不可能離開我這裡的，別說這個宅院，就連這間書房，我也不可能讓它出去。」

盧教授說：「這麼說，我今天算是白來一趟了。」

尤全財賠笑道：「盧教授，真是不好意思，明天我一定再行登門，您將試劑帶上再來我家試驗，那火爆腰花我還想讓您多嚐幾次呢！」

盧教授掏出手絹，又連連咳嗽幾聲，說：「我又不是飯桶，成了來您這蹭飯的了。不是我說您，尤先生，您在琉璃廠古玩店的時候，眼力的確不錯，可這幾年您一直忙著拍賣公司的事，這看玩意的眼力，就有點退步了。」

尤全財點了點頭：「可不是嗎！唉，我手底下養了那麼多鑑賞專家，一來二去，把我自己給閒的，什麼都看不準了。哎，盧教授，您怎麼知道我以前在琉璃廠待過？我好像……從來沒和您提起過吧？」

盧教授說：「是嗎？你是沒和我說過，可很多人都知道了，我也是聽他們說的。」

尤全財臉上有點變色，說：「不對吧，盧教授？我以前的事情，很少有人知道。除了我手下兩個鑑定專家之外，就只有我兒子知道了。可他七年前就去美國讀書了，那時候我還不認識您呢，您到底是聽誰說的？」

盧教授咳嗽幾聲，說：「凡是做拍賣這行的，有幾個不是琉璃廠、潘家園出身？尤先生你也不必太奇怪，我也是瞎猜的。」

尤全財眼珠一轉，說：「哦，說的也是。對了，前幾天我去找您，您說求我為您辦的那件事辦成了，我什麼時候給您送過去啊？」

盧教授說：「什麼時候送都行，不著急。天色不早了，我也該回去了，過幾天再來。」

尤全財說：「別價呀，您不會是又忘了您托我什麼事了吧？」

盧教授笑了，說：「我這些天哪，為了帶那個姓李的博士生，累得我有時候經常忘事。請您別見怪！」

尤全財說：「這麼說，您託我弄幾張評戲《對花槍》演出票的事都忘了？」

盧教授說：「哎呀，你看我這腦子，還真給忘了，對了對了，這《對花槍》我是最愛看了，票在這兒嗎？先給我好了，真是謝謝你了尤先生！」

## 第四十三章　劫持

尤全財慢慢站起身來，皮笑肉不笑地說：「盧教授，看來，您還真是忘得挺快的。那我就不多留您了，票不在我手裡，明天我給您送家去。請吧。」

盧教授看了看他，說：「好，那我先走了。」

尤全財走到書架前，扳開一本書冊，書架又旋開半圈，露出外廳。

盧教授說：「尤先生請留步吧，不用送了，我自己走就行。」

尤全財說：「那也好，我就不遠送了。」

盧教授剛走出書架門，尤全財一推書架要合上旋轉門，盧教授忽然回頭，一伸手閃電般地抓住尤全財的前胸，向外一扯，尤全財站立不穩，整個身體都夾在書架與牆壁之中，腰部以上在外廳，腰部之下在密室裡。他驚惶地說：「盧教授，你這是幹什麼？」

盧教授冷笑幾聲說：「你心裡很清楚！」聲音完全變了，根本不是之前一直沙啞的嗓音。

他一把抓住尤全財右手，往牆邊的那幅臥牛圖上一按，書架又旋開了，盧教授一腳將尤全財踢進密室，他閃身進來，推上書架。

尤全財跑到青花瓷瓶前一轉，那幅董其昌畫軸又向外移開露出小門，尤全財剛要鑽進小門，盧教授身手如電，一個箭步搶在他面前，抬手就是一拳，打得尤全財眼前金星亂冒。盧教授右手往背後一摸，手上已多了柄形如彎鉤的黑黝黝的東西，他扳過尤全財肩膀轉了個圈，將它架在他的脖子上，說：「別亂動，不然鉤下你的腦袋！」

尤全財這下全明白了，盧教授一個五十多歲的老教授，身手不會如此敏捷，原來卻是個西貝貨。

尤全財顫抖地說：「你……你到底是誰？」

盧教授說：「我是誰？我當然是盧教授啦，要不然你尤大老闆也不會大老遠地把我請到你家裡來吃火爆腰花吧？哈哈哈。」

尤全財喘著粗氣說：「得了吧，你這個冒牌貨！盧教授根本不愛看評戲，他祖籍是河北人，愛聽京劇！你究竟是誰？想幹什麼？」

盧教授笑了笑，說：「怪不得，於是你就編出一個什麼戲票的瞎話來試探我，尤先生，你很聰明！但我的要求也很簡單，就是要你護送我離開你的王府花園，沒問題吧？」

尤全財連聲說：「沒……沒問題，只要你不傷害我，我保證送你出我家。」

盧教授說：「那就太好了，你這個天馬飛仙我也順便借用一下，回家好好欣賞一番，明天再給你送回去。」

尤全財急了，說：「那可不行！你不能把玉馬拿走！你……」話未說完，盧教授

## 第四十三章　劫持

右手一緊，尤全財只覺脖子上一陣冰涼，刀刃幾乎要陷進了肉裡。

盧教授說：「我手上這把彎刀是用超硬尼龍製成，刃口部分用的是敘利亞特產大馬士革精鋼，上面塗了防反射塗層，可以躲過金屬探測儀的檢測，是專門用來綁架人質的，形狀曲線和人的脖子十分吻合，架在頸中，只要我的手稍微一旋轉用力，你脖子兩側的動、靜脈就會被同時割斷，就算有人在遠處用狙擊槍打中了我的頭，我的手也會在零點幾秒的時間內做出動作，割斷你的喉嚨。這下你明白了吧？不要抱任何的希望，除非你對自己的性命無所謂，不然就不要做無謂的抵抗。我既然能找到你，不完成任務我是不會回去的，大不了我和你一塊死。」

尤全財說：「兄弟，我知道你是衝我的天馬飛仙來的，這東西能值幾個錢？你又能得到多少？五十萬？一百萬？我給你雙倍的價錢，現在就給你現金，你帶著現金離開，怎麼樣？」

盧教授笑了，說：「尤老闆，做我們這行的有一條，就是拿了人家的錢就要給人家辦事，不管目標出多高的價錢，我們也不能反悔，這是規矩。如果違反了規矩，兩頭收錢，今後哪個人還敢再用我？我也就不用在這條道上混了，說不定日後連命都難保，懂了嗎？你就死了這份心吧！」

聽了這人的話，尤全財徹底絕望了，他知道這個人是典型的職業殺手，目的就是搶自己的天馬飛仙，雖然他一百個不想交給他，但眼下性命還是第一位，自己不得不從。

這人挾著尤全財來到桌邊，他左手將天馬飛仙裝回盒內，拿在手上，命令道：「打開書架門。」尤全財無奈，只得跟著他來到書架旁，扳開了那本機關書，書架旋轉開了，兩人出了密室，向廳外走去，來到後院中。幾名隨從正在院裡和女傭聊天，一見兩人的情景，嚇得愣住了，隨即拔出手槍，都圍攏過來用槍指著這人的腦袋，紛紛喊道：「什麼人，快把槍放下！」

這人哼了一聲，說：「尤大老闆，請你的人把槍都給我扔地上，離遠點！」說話間，腳下卻絲毫不停，挾著尤全財往前廳走去，從各個角落陸續跑出更多的保衛，都掏出手槍瞄準這人的腦袋，喝叫聲此起彼伏，裡三層外三層，圍了個水泄不通，都隨著兩人的行進而同時移動腳步。

這人看了看尤全財，說：「尤老闆，看來你沒有下命令的意思，那就是說你對自己的性命也無所謂了，好，反正我也走不脫，那咱倆就一塊去見閻王吧，也好有個伴！」說完，他手上橫向微微一動，刀刃割破了尤全財脖子上的皮膚，鮮血滴了下來。

包圍著的保衛們見尤全財流了血，全都嚇得驚呼起來。尤全財更是魂不附體，還以為自己已經死了，腿一軟差點跪下。這人用膝蓋一頂他後腰，喝道：「你還沒死

## 第四十三章　劫持

呢，裝什麼熊？」

尤全財不敢再拖，連忙喊道：「都把槍給我放下，退下去！」旁邊的保衛卻沒有一個動彈的，尤全財氣得大叫：「都他媽的聾了嗎？你們想害死我？把槍扔了，都給我滾遠遠的！」

幾個處在最近的保衛遲疑著互相對視，還是沒有動作。尤全財衝著最近的一個叫道：「老李，你他媽的想害死老子嗎？叫你的人滾開，快！」

這老李是尤全財的保衛隊長，聽得老闆下了死命令。自己先把槍扔了，又說：「都聽老闆的，把槍放下！」

幾十個保衛見隊長都繳械了，紛紛彎腰將槍扔在草地上，老李又說：「全都退後，退後！」眾人都停在原地，眼看著兩人慢慢走到了前廳外的水池橋上，一個保衛問道：「李哥，咱們怎麼辦？」

老李說：「通知週邊的弟兄，給我遠遠盯著！」

這殺手挾著尤全財，一轉眼已經出了宅院大門，看守大門的保衛一見這陣勢，嚇呆了，尤全財不敢和他多說話，朝他一擺手罵道：「打開大門，滾開！」

保衛連忙按電鈕，大門向兩邊開啟，殺手和尤全財出了宅院，來到大道上。

大道兩旁都是濃密的樹林，幾名保衛遠遠靠過來，忽然，從樹裡衝出一輛通用商務車，來到殺手和尤全財跟前一個急轉彎，車門向外滑開，裡面伸出兩隻手，一把將尤全財拽到車裡，殺手也隨即跳上車，車門一關，如射箭一般飛馳而去。

十幾名保衛早就撿起了槍衝出大門，朝車背影一通瘋狂射擊，但那車顯然做了防彈處理，十幾秒鐘後已經消失在轉彎處。

那叫老李的保衛隊長連忙下令道：「快開車給我追！」幾輛不同型號的汽車分別從大門急馳而出，順東南方向追去。這幾輛車都是性能優越的越野車，有寶馬吉普、路虎、歐寶商務艙等，兩分鐘後，就已經看到了前面的通用商務車正在極速前進，後面幾輛車把車窗搖開，車上的人都伸出頭和手，不停地向通用汽車射擊，有幾發子彈甚至擊中了輪胎，可通用車絲毫沒有受阻，依舊左晃右晃地高速行進。

那保衛隊長老李就在寶馬吉普車上，一個保衛問他說：「李大哥，那輛車怎麼輪胎中彈也沒事？真是奇怪！」

李老罵道：「笨蛋，那車是防彈輪胎！什麼都不懂！不用再開槍了，告訴後面的車，左右各兩輛同時夾擊前進，準備超車！說什麼今天也得把它給截住，要是老板被劫走了，咱哥幾個以後也不用再吃這碗飯了！」

手下保衛連忙用對講機聯繫其他車，一輛路虎衝了出來，與寶馬吉普一左一右，分列道路兩旁，這些車都是歐洲頂級汽車，一轉眼的工夫已經逼近了美國產的通用商務車，保衛隊長大叫道：「全速前進，給我夾住它，操你奶奶的，我就不信攔不下你！」

司機抖擻精神掛上五檔，幾乎將油門踩到了最底，寶馬十二缸V字形引擎嘶叫著，發動機的轉數達到每小時十八萬轉，保衛隊長喊道：「超車，超車！」

正當寶馬吉普準備變道超車時，忽然前面的通用商務車後備箱蓋自動彈開，一股黃油從後艙裡噴向路面，後面的路虎車躲閃不及，前輪正經過，頓時輪胎空轉車身打橫，在一百二十餘公里時速慣性下，汽車就像練雜技似地在空中連續橫翻了十幾個跟頭，一頭翻進樹林裡。

寶馬吉普車處在右路，這路面上黃油濺得不多，再加上司機頗是機敏，他一打方向盤，寶馬汽車優良的ABS煞車系統派上了用場，車身畫了個S型繞過黃油繼續前進，就聽後面「稀里嘩啦」一陣亂響，看來另兩輛車也中了招。

老李擦了擦汗，大罵道：「你丫跟我玩陰的！撞它的後擋板，狠狠地撞！」

寶馬汽車嘶叫著直朝通用車撞去，這時，通用車的兩側滑動門打開了，寶馬司機生怕他再灑黃油，連忙變道往左，準備應對，只見從通用車的兩側各伸出一隻手，不知抓了把什麼東西往車後拋灑，大片小黑點橫飛過來。

# 第四十四章　心理戰術

老李大叫：「不好，是釘子！快煞車！」

司機連忙狂踩煞車，可巨大的慣性不是立時就能煞住的，輪胎被煞車片幾乎磨冒了煙，尖利的煞車聲刺耳欲聾，汽車一直向前滑出二、三十米，只聽「嘭嘭」兩聲大響，車頭一沉，兩個前輪同時被釘子扎破，在前低後高的姿勢下，前輪摩擦力增大，抵住了地面，寶馬車來了個前空翻，幾個來回之後，四輪朝上在地面上滑行了一段距離才漸漸停止。

老李和司機等人艱難地從倒置的車門裡爬出來，他氣得一踢車玻璃，罵道：「操你個丫挺的，淨玩這下三濫！」

旁邊的司機一瘸一拐過來，捂著鮮血直流的腦袋，說：「李……李哥，這回可怎麼辦？」

老李氣急敗壞地說：「怎麼辦？還能怎麼辦？趕快給交警支隊打電話，就說尤老板被人綁架了，讓他們立即派人攔截所有的黑色通用商務車！」

通用汽車順著林間大道一直開到了四環公路，十幾分鐘後開進一家偏僻的汽車修

# 第四十四章　心理戰術

理廠後門。不多時，從前門出來一輛白色雪佛蘭麵包車，駛上了公路。雪佛蘭汽車從四環立交橋駛入五環公路，轉了大半圈，來到了北京市郊的通縣，又開進一家修理廠前門，從後門出來一輛淺灰色的大眾汽車。大眾汽車開進通縣區內一處磚廠。此時已是晚上十點鐘左右，天色黑沉，磚廠四周都是一排排的磚窯，蓋著塑料布，旁邊有一排磚廠辦公房，大眾汽車駛進車庫裡，車上下來四個人，其中兩人便是殺手和尤全財。

幾人進了辦公房，兩人從裡屋出來，命令來的兩個人守在外面，那殺手挾著尤全財，在兩人帶領下一直走進辦公房最裡面的房間，這裡是一間極其簡陋的農村廚房，柴草垛堆在牆角，鍋灶俱全，其中一人揭開灶炕旁邊的蓋板，下面露出一個地下室的台階，對殺手說：「你們從這裡走！」

那殺手笑著說：「我說二位，用得著這麼謹慎嗎？這都換了兩台車了，根本不可能有人找到我們了！」

那人低聲說道：「這是命令，你照做就行了！」說完接過他手裡的紅木盒，又遞給他一支手電筒，殺手押著尤全財鑽進地下室。地下室裡並無房間，只有一條長長的通道，黑得伸手不見五指。

那殺手邊用手電筒照著路，邊說：「尤老闆，只要你乖乖地聽話，保你性命無憂。」尤全財本來想趁黑襲擊他，可又一想，自己的身手和人家職業殺手比劃，根本不在一個水平線上，又沒帶任何武器，也就打消了這個念頭。

不知走了多久，順通道一直走到頭，再從台階而上，出口處蓋著一塊木板，殺手推了幾下木板，沒有推動，忽然木板自己移開了，上面透出光亮，殺手連忙推著尤全財上去。

兩人剛一露頭，一口黑漆漆的棺材赫然出現在眼前，幾乎貼到尤全財的鼻子上，他嚇得「啊」的一聲，差點從台階上掉下去。殺手將他拎起來上了台階，兩人見屋地上整整齊齊擺著七、八口棺材，旁邊還凌亂地堆著黃綢白布、石灰、紙錁子等喪葬用品，原來是一個棺材鋪。

棺材鋪裡三人正圍成一圈在打撲克，一個人站在地道口旁邊，問道：「誰是『肥羊』？」

殺手說：「這就是。」

一人問：「你是誰？」

殺手回答：「我是灰狼。」

這人一聽，回頭大笑說：「太好了，哥兒幾個，咱們這賞金拿定了！哈哈！」其餘三人也樂不可支。

# 第四十四章　心理戰術

殺手說：「別笑了！快幹活！」

這人登時不笑了，四人手腳麻利地打開一口棺材的蓋，拉過尤全財，先將手腳從上到下綁了個結實，然後四人將他扔進棺材裡。尤全財嚇得體如篩糠，大聲說：「你們不能殺我，不能殺我！我的手下不會放過你們的！」

殺手拍拍手，輕鬆地說：「我的任務完成了，也該走了。」

那人用一塊黃綢子塞住了尤全財的嘴，示意其他三人蓋上棺材蓋，說：「按上級的命令，你於今天半夜跟著我們的另一輛車走。」殺手撕下臉上的假皮，摘掉假髮，做了個OK的手勢。

四個人抬著棺材出了棺材鋪，門口停著一輛黑色廂式貨車，車身上漆著幾個白色大字「和記棺材鋪」。幾人把棺材裝進貨車後車廂裡，分別進了駕駛室，貨車趁著夜色開出村子，駛上公路向西而去。

尤全財躺在棺材裡，嘴裡塞著黃綢，身上綁著繩子，絲毫動彈不得，他瞪著驚恐的眼睛，可四周漆黑什麼也看不見，只有棺材隨著汽車的行駛而左右晃動，偶爾會有幾聲顛簸。

也不知過了多長時間，汽車拐了幾個大彎，顛簸得更加厲害了，好像路面很不平坦，棺材和汽車廂板互相撞擊，發出沉重的響動。又過了一會兒，汽車漸漸停下了，後廂板被揭開，有人登上車廂裡把棺材推出車外，棺材被幾人懸空抬著行走。

尤全財心想：「肯定是老林頭的人了，不知道他們想怎麼處置我。」

棺材在空中左晃右晃了一會兒，「咕咚」一聲放在地上。從側面透進一絲光亮，棺材蓋被打開。棺材裡空氣稀少，尤全財被悶了大半天，差點窒息了，他剛一坐起來，刺目的光線晃得他睜不開眼睛。

這時，一個女人的聲音在耳邊響起：「尤老闆，真是幸會呀！」這聲音甜中帶脆，成熟嬌媚，聽起來十分地舒服，尤全財漸漸適應了周圍的光線，剛要從棺材中爬起來，卻看見一雙緊裹在黑色絲襪中的女人大腿出現在眼前，順著大腿往上看，一個漂亮女人站在棺材前。

這女人大約三十多歲，一頭瀑布似的長髮染成酒紅色，上身穿一件黑色的高領絲薄毛衫，胸脯豐滿，蠻腰溜細，下穿一條淺灰色百褶羊絨短裙，帶花紋的黑色長筒絲襪，腳蹬一雙過膝蓋的黑色皮靴，雙手掐著腰，似笑非笑地看著坐在棺材裡的尤全財。

尤全財生性好色，一看到這麼性感迷人的成熟女人，雖然身無自由，卻也先咽了下口水。

這女人說：「這尤老闆都來了，你們還不好好招待？別讓人家生氣了！」旁邊連

## 第四十四章　心理戰術

忙過來幾個人，七手八腳地將尤全財從棺材裡拉出來，按在一張椅子上坐下，並取下塞在他嘴裡的黃綢布。尤全財環顧四周，這是一間相當簡陋的屋子，棚頂上有一個老式的喇叭形白熾燈泡，除了一張桌子，兩把椅子之外，幾乎再無他物。

女人說：「你們都出去，守好這裡，不許別人靠近。」

手下人答應後都出去了。女人邁著輕盈的步子來到尤全財身邊，又細又高的鞋跟敲擊在水泥地上，聲音十分清脆好聽。

看著面前這個性感美女，尤全財覺得有說不出的舒服，但嘴上還是強硬地說：「這是什麼地方？你想怎麼樣？」

性感美女咯咯地笑了，一拍他的肩膀，說：「這裡可是個好地方，保你喜歡，如果你願意的話，我可以讓你在這裡定居，怎麼樣？」

說完，扭著蠻腰走到窗戶旁邊，推開半扇窗子。外面的冷空氣一下吹進來，尤全財探頭一看外面，不由得嚇得打了個哆嗦，只見外面是一片坡地，夜色沉沉，慘白的月光照下來，密密麻麻的墳頭林立在坡地之上，有的墳上還蓋著白紙，墳前插著紙幡，原來這裡是塊墳地。

嚇得尤全財差點從椅子上摔下來，他說：「你們、你們想幹什麼？妳知道我是誰嗎？我是北京金春集團的董事長，妳要是敢把我怎麼樣？我的人是不會放過妳的！」

性感美女關上窗子，來到尤全財面前，笑著說：「我當然知道你是誰啦，否則也不會大老遠地將你請到這塊風水寶地來。」

說完順手拿過放在桌上的紅木盒子，打開，取出玉馬，說：「當著明人不說暗話，你也應該知道我是誰的人。那就直說了吧！你為什麼要搶林教授家的天馬飛仙？」

尤全財冷笑一聲，說：「這東西是你們從我家裡搶走的，現在居然反咬一口，倒說我搶的？我可告訴妳，妳現在已經惹上大麻煩了，最好馬上放了我，我也許會不追究妳的責任，不然，哼哼！」

性感美女看了看尤全財，嘆了口氣放下玉馬，悠悠地說：「尤老闆，你知道為什麼讓你躺在棺材裡來嗎？有句俗話叫做『不見棺材不落淚』，就是怕你不識相的意思。可惜，你坐著棺材來，還是這麼的不識相，那我也就無能為力了。我帶你看樣東西吧。」

說完，她拎著尤全財的後衣領，像拎一隻小雞似地把他拽到窗戶前，一把推開窗子，說：「你自己看吧！」

尤全財朝窗下望去，原來這間屋子是在二樓，只見樓下的土坡上幾個人正在挖坑，揮鍬掄鎬幹得正歡。

# 第四十四章　心理戰術

尤全財心猛地一沉，說：「妳……妳這是什麼意思？」

美女微微一笑：「沒什麼意思，我不是說了嗎？你要是喜歡這裡，我就讓你在這定居，這就是為你挖的坑，現在棺材和墳地都齊了，就差一個坑了，等一會兒，一切都全了。」

尤全財嚇得六神無主，嘴上卻還在死撐：「殺了我，你們也不會有好果子吃！我黑白兩道朋友有的是，早晚會為我報仇的！」

美女關上窗，把他推回椅子上坐下，她一抬腿，高跟皮靴踩在尤全財兩腿之間的椅面上，笑著說：「尤全財，有句說叫做『人走茶涼』，你人都死了，哪個道上的朋友還會硬充英雄，替你申冤報仇？你沒見社會上很多有權有勢的高官，不管是兒女婚嫁、家人做壽，都會有很多的富商生意人去捧場隨禮，而這些當官的一倒台，得，馬上就冷清了不少，平時裡關係不錯的有錢人立馬都消失了，為什麼？就是這個意思，你是聰明人，應該比我清楚這個道理吧？」

尤全財光顧著看她的羊絨短裙滑落到大腿根，黑色的連褲襪幾乎露出她半個渾圓的大屁股，下意識地慢慢點點頭，猛然回過神來，又連連搖頭，說：「不……不知道。」

美女說：「尤大哥，我知道你喜歡美女，你看我怎麼樣？要是你喜歡的話，我就做你的第五個情婦，怎麼樣？不過，我要的房子可要比她們四個都要大，要好哦！」

尤全財登時蒙了：「行……啊不，不……我哪有情婦？妳開什麼玩笑？」

美女撇了撇嘴，不以為然地說：「得了吧，你蒙誰呢？現在哪個大老闆沒有幾個情婦？尤其是你，你的底我摸得太透了，你每個月陪哪個情婦幾次，每次上床用多長時間，我比你都清楚！」

尤全財臉上一陣紅一陣白，磕磕巴巴地說：「妳……妳敢監視我？妳到底是誰？」

美女微微一笑，放下踩著椅子的大腿，轉到尤全財背後，伸手摟住他，再抬起一條大腿，搭在他的腿上，然後把頭湊近他的臉，輕聲說：「先別管我是誰，上星期，你在玫瑰園和那個臉上有小麻點的情婦上床的時候，表現還是挺不錯的嘛，連我看了都有點動心呢！快說，你那天晚上吃的性藥是什麼牌子的？挺管用的哦，我明天晚上也要買給我男朋友吃，然後再和他好好爽一爽，你說好不好？」

她說話時的氣流一陣陣掠過尤全財的鼻子，吹氣如蘭，這股香味讓人聞了骨頭發軟，而且身上懶洋洋地，更要命的是，她的絲絲秀髮還在尤全財的耳邊不經意地蹭來蹭去，搞得他耳朵癢極了，尤全財生性好色，玩過的女人無數，但絕大多數都是用金錢來收買，毫無懸念之有，而現在這種別樣的刺激卻搞得他心頭狂跳，興奮不已。

## 第四十四章　心理戰術

他有點迷亂地說：「是……是美國貨，好像是叫MAXMAN的……」

美女又輕輕地問：「真聽話，我愛死你了。那你喜歡哪個情婦多一點呢？」

尤全財閉上了眼睛，如夢遊般地說：「就是那個……那個小麻雀……」

美女說：「哦，是嗎？那我做你的情婦，你最喜歡哪個？」

尤全財說：「最喜歡妳……」

美女趁熱打鐵：「好，你告訴我為什麼要搶林教授的玉馬，我今晚就和你好好快活，好不好……」

美女一邊說著，一邊側邊了頭，將嘴湊在尤全財的耳邊，故意在他耳朵洞旁呼吸，尤全財只覺得左半邊腦袋一陣酥麻，像抽了大煙似地受用至極，他完全失去了抵抗之心，喃喃地說：「那天馬飛仙裡頭有大祕密，我想研究出來，好賺大錢……」

忽然，美女的秀髮掠過尤全財的鼻子，他不禁打了個大噴嚏：「哈啾」一！

這一下尤全財頓時清醒過來，他慌亂地說：「我什麼都不知道，什麼都沒說，妳別再問了，快放了我！放開我！」扯著脖子開始大喊。

美女氣得臉上變了色，她直起腰轉到尤全財面前，神色完全不似剛才那樣嫵媚迷人，一副冷若冰霜的樣子，氣急敗壞地說：「好個尤大老闆，真是敬酒不吃吃罰酒！行了，我也不和你多廢話，你那坑也挖得差不多了，反正天馬已經在我手裡，現在我就送你去下榻吧！」說完，她快步推開窗戶，衝樓下喊道：「挖好了沒有？上來弄他下去！然後收工！」

幾個人答應著，腳步雜亂地上了樓，美女一擺手說：「塞住他的嘴，抬下去埋了，做得乾淨點！記住，地面上別留下半點痕跡！」說完將天馬放進盒子裡，轉身就要下樓。

那幾個人也二話不說，過去就要塞尤全財的嘴。

尤全財左右掙扎，聲嘶力竭地大叫：「我要見林之揚，讓我見林之揚！」

美女停下腳步，回頭說：「你見林教授幹什麼？」

尤全財氣喘吁吁地說：「我說，我全說！但我必須要先見林之揚！我只能對他一個人說！」

美女想了想，說：「好吧，給你一個機會，至於今後你的命運，就掌握在你自己手裡了，怎麼表現你看著辦吧！」

說完，她拿出手機撥通電話，說：「他現在在通縣，答應招了，但必須要見老爺子才肯說。嗯，好的，知道了。」

打完電話，美女一擺手，對幾個手下人說：「好了，按第二套方案執行，速度要快！」

## 第四十四章　心理戰術

一個手下立刻將尤全財的嘴塞住，四個人又把他塞到棺材裡，蓋上棺材蓋，棺材又被重新抬起，一晃一晃地下了樓。然後又是汽車引擎發動的聲音，在一陣顛簸之後，開始平穩運動。

尤全財心想：「我總不能就這麼束手待斃吧？得想個辦法逃出去。」這時，棺材蓋透進一絲光亮，中間夾了一根木棍，原來是外面的人怕他在裡面時間長了窒息過去，給欠了一個縫。

尤全財待了一會兒，聽四下無聲，便抬膝蓋頂了一下棺材蓋，蓋子被頂得挪了一下，他還要再頂，忽然棺材蓋被人「啪」地拍了一下，有人喝道：「老實點！要不憋死你！」

尤全財嚇得登時不動了，心道：「看來跑是跑不掉了，這趟是定要把我送到西安林之揚家，得，恐怕是凶多吉少。」在極度恐懼、緊張和疲倦之中，他不知不覺睡著了。

也不知過了多久，尤全財在晃動中醒來，感覺棺材又被人給抬起來，有節奏地晃動著。

## 第四十五章 誘敵

陽光透過棺材的縫隙灑進來，很可能已經是第二天的上午，外面還有樹木、青磚和土牆掠過，他心想：「這是什麼地方？有點像一座老式宅院。」

正想著，棺材落地，蓋子被人掀開了，幾個人圍站在棺材四周，一圈腦袋都在低頭看著棺材裡的尤全財，好像在觀賞剛出土的木乃伊。

此時天已大亮，陽光充足，尤全財瞇著眼睛仔細一看，不由得倒吸一口氣，只見除了昨晚那美女之外，還有一個中年男人和一個老者，這老者不是旁人，正是林之揚。

兩個隨從把尤全財從棺材裡拉出來，那美女拉過一把椅子讓他坐下，又取出他嘴裡的黃綢布，尤全財嘴被塞了半天，連腮幫子都麻木了，現在口腔得以解放，連忙大吸了幾口氣。環顧四周，原來是一座典型的老式宅院的大廳，這裡青磚鋪地，木梁圓柱，雕花頂棚，從敞開的木格窗戶朝外看，還能見到院子裡的影壁牆和天井，從格局來看，相當地講究，只是有點老舊，好像很多年沒有住過人似的。

那美女恭敬地對林之揚說：「父親，尤全財帶來了。」

## 第四十五章　誘敵

中年男人笑著說：「爸，這次行動能成功，全靠杏麗的從中策劃，她可是立了大功啊！」

林之揚坐在另一把椅子上，說：「你不用跟我邀功了，誰有功勞，我心裡清楚得很。杏麗，妳這次幫了爸爸的大忙，我是不會虧待妳的。」

那美女甜甜一笑，走過去靠在中年男子身上，衝他拋了個媚眼，說：「振文，我沒有給你丟臉吧？」

林振文笑著捏了她的下巴一下，說：「哪有呢？妳給我掙了大面子了。」

林之揚說：「宅院四周都把守好了嗎？」

林振文說：「放心吧！父親，這宅院裡裡外外，我派了幾十個人守著，一隻蒼蠅想飛進來也很難。」

林之揚點了點頭，對尤全財說：「你就是北京金春拍賣集團的尤全財尤先生吧？」

尤全財雖然以前沒見過林之揚的面，但從媒體上和考古學術雜誌上也多次看過他的照片，說：「我是尤全財，你就是林之揚？」

老者說：「我就是林之揚。按理說，我們都是大有身分的人，不應該以這種形式會面。可是你搶了我的東西，我總不能坐視不管，而且這東西對我很重要，為了找到你，花費了我幾百萬的金錢，還有無數人力和物力，不管怎麼說，總算是把你給請來了。」

尤全財把嘴一撇，擺出一副死豬不怕開水燙的嘴臉，說：「老林頭，你說我搶了你的東西，你有證據嗎？文物這東西你應該比我清楚，古玩不問出處，在誰的手裡就是誰的，你說是我搶你的東西，我現在還說你搶我東西呢！你既然知道我不是平頭百姓，還敢綁架我，難道就不怕今後惹上大麻煩？」

林振文不耐煩地說：「老爹，別跟他廢話了，依我看，先給他用點刑吧！」

那美女也說：「對，人是苦蟲不打不行，我同意。」

林之揚看著尤全財漸漸變色的臉，假裝猶豫地說：「這……不太好吧？要是傳了出去，對咱們林家的名聲可有影響。」

尤全財早就嚇得不行，連忙說：「林教授，咱們有話好說，你這私設公堂可不行！」

林之揚假裝沒聽見，對林振文說：「要不就依你說的，試一試，但要點到為止，別鬧出人命。」

林振文說：「好，來人，拖出去！」

尤全財嚇得腿肚子轉筋，凡是有錢人都怕死，也怕受苦，連忙說：「別，別，

## 第四十五章　誘敵

別，有話好說啊，有話好說，林教授，我承認是我搶了你的東西，你想問什麼我也清楚，但我要和你單獨談話，有些話我不想讓外人聽見。」

林之揚見威脅這麼快就生效，站進來說：「是嗎？那好吧，振文、杏麗，你們都出去，我和尤先生單獨談談。」

林振文面露難色：「老爹，這行嗎？再說我們也不是外人，您這……」

林之揚說：「他綁著手腳，還能吃了我不成？你們先出去，我自有打算。」

林振文拗不過老爹，他吩咐手下人將尤全財牢牢綁在椅子上，又給他喝了幾口水，然後和那美女還有一眾隨從走出屋子，到院子的另一端聊天去了。

林之揚在桌旁坐下，打開紅木盒子，說：「尤全財，現在只有你和我兩個人，其他人都不會聽見我們的談話，有什麼話，你儘管直說吧。」

尤全財看了看周圍，確信無人，開口說：「林教授，你我都是此道中人，既然我落在你的手裡，那我也就不拐彎抹角了。直說吧，你的天馬飛仙價值連城，你自己不會不知道吧？」

林之揚喝了一口茶，說：「這天馬飛仙是西漢時的文物，按現在的行價，至少也能拍到三、四百萬人民幣，我當然清楚了，這還用你提醒？」

尤全財嘿嘿一笑，狡黠地說：「得了吧，林教授，你就別蒙我了。你這天馬飛仙才值三、四百萬，而它丟了之後，你請那麼多人全國各地的尋找線索，就花了不下五百萬，你圖什麼？總不會是為了爭這口氣吧？」

林教授微微一笑，說：「那你說為了什麼？」

尤全財神祕地說：「這天馬裡面，和茂陵成千上萬的珍寶大有關係，我沒說錯吧？」

林教授臉上變色，下意識地看了看窗外，林振文和杏麗等人都坐在院子裡影壁牆旁邊喝水聊天，並無人注意這裡。

他壓低了聲音，說：「尤先生，你這話從何說起？」

尤全財得意地說：「林教授，我不瞞你，我家中有一大批古籍的善本和孤本，都是我派人這些年在陝西、河南、浙江一帶的鄉間收來的，其中不乏珍貴之物。在一本名為《大漢紀要志異》的手抄古本中，我瞭解到了在天馬飛仙中，藏有茂陵修建時的地圖，只是不知這天馬飛仙在何處，是在國內，還是國外？或者早就毀於戰火之中了。可沒想到，從章晨光的口中我得知，原來這天馬的上半部一直藏在你林教授的手裡，而且他還得到了下半部的底座，也賣給你了。林教授，看來這是天意，讓你得到完整的天馬飛仙，哈哈！」

林之揚表情複雜地看著他，心道：「看來世事難料，我以為那《大漢紀要志異》

# 第四十五章　誘敵

乃是存世孤本，卻萬萬沒想到他尤全財居然也有一本！」

尤全財見林之揚如此表情，更是得意，說：「林教授，那本《大漢紀要志異》我可以拿給你看一下，想必你也聽說天馬飛仙裡面有祕密，但你知其然而不知其所以然，我也不想瞞你，既然你費盡心思，最後居然騙了我的眼睛，搶回天馬，我想那也是天意，不如我倆聯手合作，一起打開這天馬飛仙的祕密，您看如何？」

林之揚萬沒想到他會提出這個要求，當時就說：「不可能！天馬飛仙已經歸還我手，我費的人力和財力，也就不再向你追究了，明天我會送你回北京，這件事就和你沒有任何關係了！」

尤全財哈哈大笑：「林教授，你別太天真了！這事情我既然已經知曉，你心裡就能穩穩當當的？再說我對這天馬中的祕密也很是有興趣，你要是自己幹，可瞞不過我的眼睛，到時候，你可別怪我從中做梗，壞了你的好事！」

林之楊大怒：「姓尤的，我和你無冤無仇，希望你不要太過分了！現在你可是在我手裡，你就不怕回不去北京？」

尤全財想了想，說：「林教授，如果我沒猜錯的話，你應該不敢殺我。」

林之揚斜睨他，道：「為什麼？」

尤全財說：「我的身分是北京金春集團董事長，在北京各界，都有我很多關係，可以毫不誇張地說，我跺一跺腳，北京的地皮也會有些震動，我想你絕不會因為怕我干擾你的好事，而甘冒大險殺我，這樣只會給你帶來很大的麻煩，卻沒有什麼好處。林教授，我說得對嗎？」

林之揚仰天長笑，說：「尤先生，你的確是個聰明人，難怪你只用了十多年的時間就有了今天的地位。你說的沒錯，天馬飛仙的祕密，咱們倆心裡都很清楚。現在我和你就像是兩個獵人，同時盯上了一隻鹿，都想一槍把牠打死，可又怕開槍之後，對方的獵犬衝了上去把死鹿叼走。」

尤全財笑嘻嘻地說：「林教授，你形容得太對了，終究還是有學問的人，不像我這個高中生，沒多少文化。」

林之揚說：「尤先生，合作講究的是雙方互贏，都有好處。我和你合作，我能得到什麼好處？天馬飛仙是我的，資金方面我也不缺，考古知識我也不比你少，那我跟你合作，你究竟能幫我什麼？」

尤全財說：「林教授，我當然不是白吃飽，也不會是扶不起的阿斗，就說這盜墓吧！我在北京琉璃廠開了八年的古玩店，那時候收來的玩意兒，大多數都是從全國各地的古墓裡挖出來的，至於挖墓人的來頭，是否名正言順，我們這些做生意的也無權過問。不過一來二去，我也就結識了很多專門幹倒鬥這行的人，北京的、遼寧的、湖

## 第四十五章　誘敵

北的、河南的，還有你們陝西的，說實話，那時間有一次我還跟幾個盜墓傢伙去湖北挖過一座漢墓呢！當然我去了也是看個熱鬧，動手的都是他們。」

林之揚喝了口茶水，說：「搞古玩生意的人盜過墓，也不是什麼新鮮事。」

尤全財說：「就是！林教授，如果你要幹的話，手底下沒有一些專門倒鬥的人是不行的！盜墓這行有很多講究，除了口訣、工具、行頭、切口之外，還有不少風水五行方面的知識，這些東西，您一個研究考古的，敢說都瞭解嗎？」

林之揚不以為然：「這些我的確不太在行，不過我有一樣萬能的武器，我相信可以無往而不利，那就是錢。有了錢，什麼樣的人我請不到？」

尤全財聽了哈哈大笑，說：「老林頭啊，你可錯了。」

林教授怒道：「你笑什麼？很可笑嗎？」

尤全財收起笑容，說：「你別怪我笑話你。有些東西可以用錢買到，可很多東西錢不好使。錢能買到漂亮娘兒們，能買到別墅、飛機，可不一定能買到盜墓的行家，不信，你可以試一試。」

林之揚說：「怎麼試？」

尤全財說：「很簡單，你拉一票人馬，隨便找個有點來頭的墓，盜一把試試，從頭到尾盯著他們，看最後是成功，還是失敗；是人才，還是廢才，不就全明白了嗎？」

這話點到林之揚的痛處，他半天沉吟不語。

尤全財說：「林教授，我給你一個月的時間，如果一個月之後你覺得有沒有我尤全財都無所謂，那就算了。如果那時候還需要我的話，就給我個信，咱們一起幹，怎麼樣？」

林之揚哈哈大笑，說：「尤全財啊尤全財，你可真會打算盤。說來說去，還是讓我放了你，嘴上說得挺好聽，像我求你似的。是不是你忘了自己的處境了？應該是你求我才對吧？」

尤全財臉上仍然帶著得意的神色，說：「林教授，有句話說得好，叫『沒有金剛鑽，不攬瓷器活』。這天馬飛仙的祕密，我已經研究明白了。」

林之揚聞言大驚，他說：「你……你說什麼？」

尤全財說：「不信是嗎？那好，現在你照我說的做，我幫你打開天馬飛仙的祕密。」

林之揚警覺地說：「等等！」伸頭看看窗外，只見林振文等人都在院子裡坐著，頭靠在照壁牆上閉目打盹，他回頭對尤全財說：「你果真知道天馬的祕密？還是在蒙我？」

## 第四十五章　誘敵

尤全財說：「這樣吧，為了表示我的誠意，我可以教你打開天馬的方法，其實我和北大的那個盧方茂教授已經研究出了方法，只是還沒有來得及拿實物比劃，你的人就假冒盧教授搶走了它。」

林之揚站起來走到尤全財近前，壓低聲音說：「你告訴我打開天馬飛仙的方法。」

尤全財看了看周圍，也小聲說：「其實很簡單，跟三國時期諸葛亮的木牛流馬相同，它的機栝就在天馬的嘴裡。我仔細看過了，馬嘴裡的舌頭看似平常，其實在舌頭和馬嘴之間有縫隙，只不過年代久遠，要活動它不太容易。這天馬飛仙的祕密就藏在那青銅底座之中，四隻馬蹄有兩隻是連於底座上的，兩隻馬蹄中有機關和馬舌相連，按動馬舌，兩蹄中的連杆就會同時下壓，擊發底座裡的機關，但兩個馬蹄裡的連杆深度不一樣，如果想掰斷馬蹄，另取兩個工具同時按下馬蹄斷口處的機關，根本就不會有任何反應。」

林之揚想了想，說：「那也簡單，將青銅底座用鐳射刀切斷邊緣，然後打開不就行了？還用費這個勁？」

尤全財惶急地說：「千萬不能這麼幹！我那位姓盧的教授朋友對古代機關頗有研究，他對我說：造這個機關的人叫名叫張湯，是當時監督修建茂陵的總指揮，他是個不世出的建築天才，他在青銅底座裡面設有極其精巧的機構，並且很可能在機構中心部位塗有硝石和磷粉的混合體，一旦強用外力打開底座，混合體遇到空氣就會馬上揮發，並釋放大量的熱，說白了就是燒著了，那地圖不管是布的，還是樹皮的，都會在一瞬間報廢。」

林之揚倒吸了一口涼氣，慶幸在剛從章晨光手裡得到底座那幾天，差點沒用外力砸開它。他說：「這機關經過了兩千多年時間，會不會已經失效了？」

尤全財說：「這也是我所擔心的，一是製造機關所用的金屬經過幾千年後，會生鏽、腐蝕而失去靈活性，要是這樣的話，扳馬舌也沒用了，那就只能冒險強行打開底座；可我更擔心的是，如果底座材料的連接部分有了縫隙，那混合體就會因為空氣的慢慢滲入而漸漸揮發掉。」

林之揚接口說：「要是這樣，那空氣也會滲到地圖處，地圖經過兩千多年的空氣腐蝕，也會用極慢的速度變色、發潮甚至腐爛！」

尤全財說：「正是這樣！這也是我最擔心的一點。」

林之揚嘆了口氣：「如果真如你所說，那我豈不是竹籃打水一場空了？」

尤全財說：「不錯，但也要去試一試，畢竟這樣的機會不是每個人都能碰得上的。」

## 第四十五章　誘敵

林之揚說：「好！我就依你所說試一次，不過，在我得出結論之前，還要委屈你在我這老宅裡住上一天。當然我會好好招待你。」

尤全財說：「那你現在就應該先鬆了我的綁繩，時間長了我這身體血流不暢，你可要負責給我看病。」

林之揚點了點頭，站起來向窗外一揚手，那美女正與一個隨從聊天，看到林之揚招呼，連忙推醒還在打盹的林振文，幾人以為出了什麼大事，都忙不迭地跑了過來，問東問西。

林之揚說：「振文，今晚安排尤先生在老宅後院的東廂房裡住下，好好招待，千萬不能委屈了他。你和我住在西廂房，晚上你到我這邊來，我有重要的事情要和你研究。」

林振文說：「好的父親，我會安排人手嚴密把守每個房間，保證不會出任何意外。」

入夜，林之揚父子坐在西廂房的八仙桌兩端，在燈下仔細地端詳天馬飛仙。林振文說：「父親，那尤全財的話可信嗎？讓我們和他合作？憑什麼？」

林之揚邊看天馬邊說：「他對天馬機關的描述，和我在一些古籍中看到的完全吻合，而且比我想得還要周密，應該不會是假話。至於合作之事，我們也沒有別的選擇，他既然已經知道了這件事，就一定會插手，想不讓他摻和進來，除非殺了他，可他的身分和地位在北京非同一般，甚至比我在西安的影響還要大，我們不能這麼做。說白了，現在我們只能讓他加入，共同出力，以圖大事。」

林振文恨恨地說：「這個姓尤的！好好的事情他非要趟一腳，真是節外生枝！」

林之揚說：「我也想過了，他的加入，也未必就是壞事。」

林振文奇道：「怎麼？難道有人從我們嘴裡分吃的，還是好事？」

林之揚搖了搖頭，說：「我們有錢，尤全財也有錢。他說過，打開茂陵光靠有錢不行，必須要有精通風水盜墓的內行才可動手，而他就認識相當一部分靠這行吃飯的人，這些人我在年輕的時候也接觸過一些，他們居無定所，神出鬼沒，而且一般都是單幹，很少與人合夥動手。這樣的人我們光靠用錢來收買，是不太可行的。很可能是咱們花了大筆的銀子，卻只找到一些夸夸其談的烏合之眾。」

林振文這才明白，他還要再問，忽聽林之揚一聲輕呼：「動了！」

林振文連忙看去，只見玉馬嘴裡的舌頭微微移動了幾毫米，舌頭與喉腔交接處出現了小小的縫隙。

# 第四十六章　玄妙的機關

林振文說：「爸你慢點，千萬別掰斷了舌頭！」

林之揚說：「你雙手捧住底座，我來扳動舌頭！」

林振文擼了擼袖子，緊緊地抓住底座，林之揚緊張地說：「振文，咱們這小半年的心血和精力是否白費，就全在這一扳了！」

林振文也心頭狂跳，說：「老爹，我相信咱們的運氣，你就扳吧！」

林之揚一咬牙，用力將玉馬的舌頭向馬嘴裡一按，只聽「喀」的一聲輕響，底座上露出了一個小圓孔，一股濃濃的白煙伴隨著刺耳的叫聲，從圓孔裡噴了出來，屋裡頓時充滿了燃放鞭炮的那種味道。

林之揚滿頭大汗，興奮地說：「太好了，機關沒有失效，沒有失效！」

剛說完，又聽「喀」的一聲輕響，青銅底座居然從正中間裂開了一條縫，將底座分為了上下兩片。

林振文說：「老爹，底座裂開了！」林之揚抓著玉馬往上一抬，連著半個底座一塊摘了下來。

只見底座的蓋子整個被揭了去，四壁厚達三公分左右，截面上密密的都是類似於防盜門的卡銷之類的東西，而且還塗滿了蠟油，怪不得密封得這麼好。

底座裡面是空的，放置了很多細細的金屬杆，有彎有直，交錯連在一起，圍著正中一塊像饅頭大的圓形金屬柱。奇怪的是這些金屬杆歷經兩千餘年居然光可鑑人，好像做了現代的電鍍工藝一樣。

林振文說：「爹，太奇怪了，底座的外部鏽得不成樣子，這裡面的機構怎麼能一點鏽跡沒有？難道兩千年前的西漢就已經掌握了金屬防鏽的工藝？」

林之揚興奮地圍著底座左看右看，說：「這不稀奇。你沒聽說考古人員在發掘秦始皇的兵馬俑時，出土了大量一點沒生鏽的鐵劍，其中很多劍被倒塌的土俑壓彎了上千年，一被挪開竟然還能復原成直形，古人的智慧，是我們這些現代人所捉摸不透的。」

林振文點點頭，林之揚用手指摸了摸中央的圓柱，甚至還感覺到了一絲寒意，林振文忽然說：「爸你來看，這圓柱好像分為上下四層，每一層的側面都刻著字！」

林之揚用放大鏡仔細看去，果見金屬圓柱從上到下共有三條細細的縫隙，將圓柱分為四層，每一層都刻有四個篆體字，第一層是四個「不」字；第二層是「有、無、色、空」四個字；第三層是四個「中」字；第四層還是「有、無、色、空」四個字，

## 第四十六章　玄妙的機關

下層的字在上層兩字之間，組成了一條斜線。

林振文邊看，邊為難地說：「老爹，這下可麻煩了，本以為開了底座就大功告成，沒想到又出來個字謎機關，這些字是什麼意思，有啊無啊的。」

林之揚皺著眉頭，說：「這四層金屬圓柱應該可以轉動，上面的字就是打開機關的謎語，從字面上看，像是佛經中的偈語，有，無，色，空……」林之揚放下放大鏡，在屋裡來回踱步，口裡默默念著：「有、無、色、空……」

忽然，林之揚回頭說：「我記得在《雜阿含經》裡有這麼四句話：不有中有，不無中無，不色中色，不空中空，剛好就是這十六個字。」

林振文聽得一頭霧水，說：「老爸，這是什麼意思啊？像四句廢話似的。」

林之揚斥道：「你懂個屁！就知道研究西方人那些東西，對亞洲的文化一點也不用心！這四句話是說世上萬物的外在表現都是假的，可以在剎那間互相轉化，跟你說也白說。」

林振文不好意思的撓了撓腦袋，說：「老爹，以後我也多學學佛經。那咱們是不是可以試著轉動機關了？」

林之揚坐在桌邊，看著金屬圓柱，說：「別操之過急，這四句話要按順序旋轉，也就是說要先組成『不有中有』四個字，再組『不無中無』，如果亂了次序，可能就永遠也打不開了。」

林振文不相信地說：「啊？那不和現在的保險櫃一個道理了？先向左轉三圈，再朝右轉兩圈，再往左轉四圈。難道兩千年前的西漢人就會造保險櫃？」

林之揚說：「我告訴過你多少次了，古人的智慧不可小覷。」說完，他伸手捏住圓柱的第一層，向左用力旋轉，卻絲毫未動。

林振文說：「看來只能往右轉。」

林之揚再向右轉，果然一點也不費力就轉動了，他把第一層上刻的「不」字對準了第二層的「有」字上，再同時旋轉這兩層到第三層的「中」字上，最後將三個字都對在最下一層的「有」字上，四個字處在同一軸線的同時，圓柱猛地向上彈起了一下。

林振文欣喜地說：「太好了，方法管用！」

林之揚繼續對下四個字，當將「不無中無」四個字連成一軸時，圓柱又往上彈起一點。林之揚趁熱打鐵，又依次組成「不色中色」、「不空中空」兩句，圓柱再次彈起兩次，忽然從圓柱底下噴出四股白煙，「哧哧」有聲，氣味很像火藥。

林振文瞪大眼睛看著圓柱，說：「這就完事了？好像沒什麼反應？」

林之揚抓住圓柱往上提，低喝一聲：「有了！」

## 第四十六章　玄妙的機關

他將圓柱猛地摘了下來，底下露出一個圓形銅碗，碗四周有四個圓孔。

林之揚說：「你看！這碗的內壁都塗滿了硝油火藥並加以密封，四個圓孔三大一小。如果字謎沒打開，強用外力拆開圓柱體，那個小圓孔就會暴露在空氣中，硝油火藥遇空氣燃燒，一瞬間就會炸開銅碗，裡面的東西也就完了。而順利拆開字謎後，四個圓孔同時進空氣，火藥就會從圓孔裡均勻洩出而不會爆炸。」

林振文讚嘆地說：「這道理不是和鞭炮一樣的嗎？」

林之揚說：「對，所以說古人是很聰明的。」

再看碗裡，裝著一塊鵝蛋大的蠟丸。

林振文頓時洩了氣：「父親，就……就是這東西？這不是塊蠟油嗎？完了，咱們被騙了！」

林之揚瞪了他一眼，取出蠟丸，慢慢捏了幾下。這枚蠟丸不知放了多久，已經硬得像塊石頭，林之揚拿過一柄鋒利的小刀，仔細地在蠟丸上劃了一圈深深的痕槽，然後雙手各抓半邊，反向用力一擰，蠟丸掰成兩片，裡面是一個網球大小的銅球。

林之揚試著擰了一下銅球，銅球帶有旋扣，擰了幾下便應聲而裂，裡面是一小塊油布包。慢慢打開油布包，一塊疊成方形的黃帛露了出來。林振文看著林之揚手中的東西，大氣也不敢喘一口，林之揚顫抖著雙手慢慢展開黃帛，一幅地圖出現在眼前。

林之揚看了看地圖的內容，跌坐在椅子上，林振文說：「父親，是……是不是這東西？」

林之揚說：「快……給我拿片藥來……」

林振文連忙拿過一片硝酸甘油讓他服下，林之揚喘勻了氣，緊緊地抓著他的手，說：「振文哪，咱們的心血總算沒有白費！就是這地圖！」

林振文驚喜萬分：「太好了！終於找到了！」

林之揚用放大鏡來回地看地圖上的每一塊文字和圖形，邊看邊說：「你看，這裡是墓宮大門，也就是現在茂陵博物館的大門所在地；這是墓道條石、這是地宮羨門入口；這是暗道入口，原來是在這裡，真是太隱蔽了！」

林振文高興地說：「自從由章晨光那兒得到底座，真是費了不少心血，才換來今天哪！爹，我們真的要告訴尤全財？」

林之揚想了想，說：「絕不能告訴他這件事。」

此時的尤全財，正躺在床上看電視，兩條腿搭在床頭，旁邊放著茶壺，相當自在。門口站著四個保衛，窗外也有四人。

## 第四十六章　玄妙的機關

林振文走進屋裡，笑著說：「尤先生，住得慣吧？」

尤全財歪頭看了看他，也沒移動地方，說：「湊合吧，天馬的事怎麼樣了？」

林振文坐在床邊，臉色陰沉，低聲說：「毀了。」

尤全財「噗稜」一下從床上跳下來，說：「毀了？什麼毀了？我說爺們，你沒騙我吧？」

林振文看了看四周，說：「沒有必要騙你。馬舌頭的機關，本來我們已經打開了，混合氣體從底座裡噴出，說明底座並沒有漏氣。」

尤全財焦急地說：「然後呢？」

林振文說：「打開底座之後，裡面有一個圓柱形的字謎機關，是四句佛經，父親以為依次對上四句話就行了，可沒想到四句話是有順序的，我們對錯了順序，機關沒有打開。」

尤全財害怕地說：「千萬別強制打開圓柱！」

林振文痛心疾首地說：「打開了！」

尤全財小心翼翼地問：「什麼結果？」

林振文說：「圓柱爆炸了，裡面有一塊蠟丸封著的東西，全都炸碎了！」

尤全財頹然坐下，靠在牆上喃喃地說：「完了，全完了！」

林振文怒道：「要不是你跟著瞎摻和，機關也不會弄壞！我父親因為這事，心臟病都犯了，姓尤的，我跟你沒完！」

尤全財委屈地說：「我說哥們，這也不能光賴我呀！誰叫你們開機關的時候不叫上我呢！」

林振文說：「你以為你是誰？我們林家的事憑什麼叫上你？」

尤全財突然笑了，說：「哎呀，這可真是起個大早，趕個晚集，白忙活一場啊！也好，死了這條心了。」

林振文說：「你倒死心了，我們為了拿回天馬，花了幾百萬，這損失誰來補？幾百萬啊，你以為是小數目！」

尤全財不以為然地說：「林先生，你這麼大的家業，怎麼也像個小商販似地錙銖必較呢？這樣吧，我賠給你五百萬元，算是對你的補償，你放了我，今後我們兩家就當什麼都沒發生，把這頁揭過去吧。」

林振文心裡巴不得他這麼說，「哼」了一聲：「算我們林家倒霉！以你的身分，應該不會騙我。明天一早我會派人送你回北京。」

尤全財道了聲謝，林振文走出房間。

回到西廂房，林振文說：「父親，這姓尤的回去之後，不會出爾反爾，再給我們找什麼麻煩吧？」

林之揚說：「這倒不會。第一，以他的身分，沒必要為了區區幾百萬元而和我們林家結仇；第二，他現在已經對天馬飛仙死了心，他派人搶天馬，我們不去和他計較，他應該感到高興才對，絕對不會再找麻煩。像他和我們這樣的身分，誰家都不是軟柿子，最好的辦法就是互不相欠，誰也別惹誰。」

林振文說：「這樣最好！我也就放心了。」

# 第四十六章　玄妙的機關

次日一早，林振文派人用汽車將尤全財送到機場，讓他自己坐飛機回到了北京。尤全財被人綁架的事，一夜之間就傳遍了北京城，當晚各大電視台就報導了此事，員警還派人封鎖了北京市各大機場、車站等。尤全財一下飛機，就先給他的經紀人打了個電話，讓經紀人去公安局撤銷報案，說自己是和一個朋友鬧著玩，去西安旅遊了一趟，結果讓保衛隊長誤會了，以為自己被綁架了。

消息傳到北京市公安局，主管刑偵的副局長氣得大拍桌子，把尤全財的祖上八輩挨個問候了一遍。最後尤全財以金春拍賣集團的名義向北京市公安局的各區分局都捐贈了一批電腦，又請那位副局長去北海的「仿膳」吃了頓飯，算是平息了這事。

中午時分，林振文回到了老宅，吃過午飯，林之揚將他叫到西廂房，兩人又開始密謀。

林振文問：「父親，今後我們應該如何行動？」

林之揚想了想，說：「你還記得尤全財說過的一句話嗎？他說有錢未必能找到盜墓高手。以前我還不信，就託人雇了四個有盜墓經驗的人，為了檢驗這四人的能力，我讓他們去湖州毗山尋找洪秀全的陵墓。本來我是滿懷希望的，結果這些人還真是一些烏合之眾，不但盜墓手法平平無奇，還破壞了洪秀全陵墓的地宮，真是失敗到家。不過，那個叫田尋的年輕人倒像是個可用之才。」

林振文說：「我也看這個人不錯，今後可以留用。那您的意思是，我們還考慮讓尤全財入夥？」

林之揚搖搖頭，說：「這件事我實在不想讓尤全財插手，畢竟這是關係到我們一家人身家性命的大事。在天馬飛仙失竊的這些時間，我和美國的山姆先生聯繫幾次，他在中國大陸收購文物幾十年，曾不止一次和我說過，中國大陸有很多盜墓者和他有

## 第四十六章　玄妙的機關

密切關係，其中不乏精於此道的頂尖人物，在盜墓這個領域，我們的確知之甚少，於是我想通過他幫我聯繫一些盜墓高手。除此之外，我們還需要各方面的人才，比如：考古、槍械、物理、生物、歷史、機械工程，甚至野外生存的專家，如果山姆能幫我聯繫到這樣一批人物，我們才可以考慮盜挖茂陵的計畫。」

林振文點點頭，說：「那我們現在就可以喘口氣了吧？等那山姆幫我們把人找齊之後，再動手。」

林之揚說：「現在還不是高枕無憂的時候，那天馬飛仙我放在西安別墅的書房暗門裡，都被搶走了，必須得找一個更保險、更隱蔽的地方存放它才是。」

林振文說：「可是除了西安你的書房，還有什麼地方更保險呢？」

林之揚笑著說：「我已經想好了，你猜猜看？」

林振文撓撓腦袋說：「我們總不能存到銀行的保險櫃裡吧？」

林之揚哈哈大笑：「當然不能，你是唯恐知道的人少嗎？告訴你吧：最保險的地方就是這老宅！」

林振文大驚：「什麼？這老宅裡？那怎麼行啊？」

林之揚笑笑：「怎麼不行？你倒說說看。」

林振文說：「這老宅是仿清式住宅，既無防盜門，又沒有保險櫃，哪有樓房嚴密？」

林之揚說：「這你就不知道了，這老宅以前是咸陽一家大富商的家宅，不但規模宏大，而且建造十分精巧，最主要的是，這老宅裡有一個暗藏的地下室，你不知道吧？」

林振文一聽，說：「什麼，地下室？我怎麼從來沒聽您說過？」

林之揚說：「那暗室造得十分精巧，外人如果沒人指點，就是想破腦袋你也進不去，再說這也不是什麼大事，所以我從來沒和你說起過。」

林振文心裡不太高興，暗想，這老頭也太狡猾了，連自己的親兒子都不告訴。想到此處，臉上露出不悅之色。

林之揚看出他的心事，說：「不是我不想告訴你，只是這暗道我也多年沒用過，有時也想不起來，而且萬一你嘴巴不嚴，告訴了杏麗，她再告訴她的家人，一傳十，十傳百，暗道也就毫無隱蔽可言了。」

林振文說：「就算這暗道十分隱蔽，可這房子畢竟也是我們的家宅，而且尤全財也來過這裡，這不是大有暴露的危險嗎？」

林之揚微笑道：「有這麼句話，叫：最危險處最安全，那尤全財就算還不死心，想找天馬，他想破腦袋也不知道我們居然就將這天馬和地圖還放在老宅裡，肯定是轉移到另處了。」

聽了他的話，林振文臉上漸露笑容，讚嘆地說：「父親，薑還是老的辣啊，您可真行！」

林之揚嘿嘿一笑，說：「你經驗差得遠呢，慢慢學吧！下面你還有任務，你讓陳軍找幾個武功高強的人來，就像抓到丘立三的姜虎那樣的人，我藏好天馬地圖之後，就讓他們暗中日夜嚴防，不准無關人等接近。」

林振文說：「還用這麼麻煩？我派幾十人圍個水泄不通，看誰能進來，豈不是更保險？」

林之揚打了他腦袋一下，罵道：「你真是越說越沒用！那樣不是更加惹人注意嗎？笨蛋！」

林振文摸著腦袋，不好意思地笑了，他說：「我明白了，爹，我一輩子也趕不上您的頭腦。我這就告訴陳軍讓他去辦，保證找到幾個高手來看守這老宅。對了爹，這老宅的暗道在哪裡？現在能告訴我了吧？」

林之揚低聲向他說了幾句話，林振文臉上神色來回轉變，似乎聽到了世上最古怪的故事，半天撟舌不下。

*茂陵建造圖放在林教授的咸陽老宅，本以為萬無一失，誰知老宅卻傳出「鬧鬼」疑雲，搞得人心惶惶，地圖也得而復失。林教授在美國大文物販子山姆的幫助下，花重金搜羅到了一批考古、盜墓、槍械和野外求生等方面的精英人才，並授命杏麗為領隊，帶著這批人遠赴新疆——表面上打著「西安市民間考古隊」的旗號，實際上是追尋茂陵地圖。進入新疆後，眾人在沙漠的遺跡中闖入了回教王陵，折掉不少人馬；後來，又誤打誤撞找到魔鬼城遺址，遭遇到諸多令人心膽欲裂的恐懼事件。一群各行業的頂尖高手，深陷西域大漠古國的詭異遺址中，無法自救；跌宕起伏的驚魂旅程，即將在《國家寶藏5——樓蘭奇宮》中，華麗展開……

國家寶藏 肆

# 國家寶藏 肆 南海鬼谷II

作　　者　濡陽唐伯虎

發 行 人　林敬彬
主　　編　楊安瑜
編　　輯　蔡穎如
校　　對　王淑如
內頁編排　帛格有限公司
封面設計　玉馬門創意設計

出　　版　大旗出版社　行政院新聞局北市業字第1688號
發　　行　大都會文化事業有限公司
110台北市信義區基隆路一段432號4樓之9
讀者服務專線：(02)27235216
讀者服務傳真：(02)27235220
電子郵件信箱：metro@ms21.hinet.net
網　　　址：www.metrobook.com.tw

郵政劃撥　14050529 大都會文化事業有限公司
出版日期　2010年3月初版一刷
定　　價　199元
I S B N　978-957-8219-96-0
書　　號　Story-06



國家圖書館出版品預行編目資料

國家寶藏4之南海鬼谷 II／濡陽唐伯虎著.
-- 初版. -- 臺北市：
大旗出版社：大都會文化發行, 2010. 03
冊；　公分. -- （Story；6）

ISBN 978-957-8219-96-0（第4冊：平裝）

857.7　　　　98018079

# 大都會文化 讀者服務卡

書名：國家寶藏 南海鬼谷 II

謝謝您選擇了這本書！期待您的支持與建議，讓我們能有更多聯繫與互動的機會。

A. 您在何時購得本書：______年______月______日

B. 您在何處購得本書：__________書店，位於__________(市、縣)

C. 您從哪裡得知本書的消息：

1.□書店 2.□報章雜誌 3.□電台活動 4.□網路資訊

5.□書籤宣傳品等 6.□親友介紹 7.□書評 8.□其他

D. 您購買本書的動機：（可複選）

1.□對主題或內容感興趣 2.□工作需要 3.□生活需要

4.□自我進修 5.□內容為流行熱門話題 6.□其他

E. 您最喜歡本書的：（可複選）

1.□內容題材 2.□字體大小 3.□翻譯文筆 4.□封面 5.□編排方式 6.□其他

F. 您認為本書的封面：1.□非常出色 2.□普通 3.□毫不起眼 4.□其他

G. 您認為本書的編排：1.□非常出色 2.□普通 3.□毫不起眼 4.□其他

H. 您通常以哪些方式購書：(可複選)

1.□逛書店 2.□書展 3.□劃撥郵購 4.□團體訂購 5.□網路購書 6.□其他

I. 您希望我們出版哪類書籍：（可複選）

1.□旅遊 2.□流行文化 3.□生活休閒 4.□美容保養 5.□散文小品

6.□科學新知 7.□藝術音樂 8.□致富理財 9.□工商企管 10.□科幻推理

11.□史哲類 12.□勵志傳記 13.□電影小說 14.□語言學習（____語）

15.□幽默諧趣 16.□其他

J. 您對本書(系)的建議：

---

K. 您對本出版社的建議：

---

## 讀者小檔案

姓名：____________ 性別：□男 □女 生日：____年____月____日

年齡：□20歲以下 □21～30歲 □31～40歲 □41～50歲 □51歲以上

職業：1.□學生 2.□軍公教 3.□大眾傳播 4.□服務業 5.□金融業 6.□製造業

7.□資訊業 8.□自由業 9.□家管 10.□退休 11.□其他

學歷：□國小或以下 □國中 □高中／高職 □大學／大專 □研究所以上

通訊地址：____________________

電話：（H）____________（O）____________ 傳真：____________

行動電話：______________E-Mail：______________

◎謝謝您購買本書，也歡迎您加入我們的會員，請上大都會文化網站 www.metrobook.com.tw 登錄您的資料。您將不定期收到最新圖書優惠資訊和電子報。

國家寶藏肆 南海鬼谷II

北區郵政管理局
登記證北台字第9125號
免貼郵票

**大都會文化事業有限公司**

**讀者服務部　收**

110台北市基隆路一段432號4樓之9

寄回這張服務卡〔免貼郵票〕
您可以：
◎不定期收到最新出版訊息
◎參加各項回饋優惠活動

大旗出版
BANNER PUBLISHING

大旗出版
BANNER PUBLISHING

大旗出版
BANNER PUBLISHING

大旗出版
BANNER PUBLISHING